# 손을 잡으면 눈이 녹아

장수양 시집

문학동네시인선 152 장수양

# 손을 잡으면 눈이 녹아

## 시인의 말

사랑하는 사람들로 가득차 커다란 혼자

2021년 3월
장수양

언젠가 한없이 쉬어도 이 휴일을 기억하리라

## 차례

## 2부 진짜 밤?

## **3부** 작고 불 켜졌고 사라지지 않는

# 1부
안전제일

## 유리체

커다란 코트를 입은 사람이 걷는다
날개처럼 보여
도로인데

그가 위험하지 않길 바라

머지않은 곳인데 계속 멀어질 예정이고
잠 속에서 부딪쳐도 모르겠지
다음 장소는 하늘일까

깃털처럼
본 적 없어도
한 번쯤 날았다고 믿는 호의로 해둔다
함부로 뒹굴어도 아프지 않게

나도 걷는다
없어지기 위해
다른 누구의 시야로부터

여기엔 남아서 기쁜 것이 몇 개 없어

수은등 빛이 모여
안전을 도모하고 있다

꽃다발 같아 보인다
안을 수 있는 것으로 환원하고

눈과 물처럼 맑아야 하는 관계를 믿어
실제로는 무엇이든 흐리게 만들 뿐이지만

우리의 낯섦은 죄가 없고
보이지 않는 것은
보지 않는 것보다 상냥하다

기도가 앓아서 기도를 듣고 사람이 멀리서 가까이 보는 서울에서 불빛으로 밑줄을 그은 하늘에서

모두가 처음처럼 운다
당혹스럽다는 듯이

그래야 한다는 듯이

한 번쯤 다시 태어난 걸
믿게 하는 얼굴로

## 사람들이 떠나기를 좋아하는 세계

위치하기 위해 많은 일을 할 필요는 없다 그림 안에서 과일을 찾는 것으로 충분하다

그다음 우리는 자세를 의식한다 기대고 있는지 팔꿈치를 허공에 밀어넣었는지 우리는 우리를 받치고 있는 것보다 가득한지 기별조차 없는지
깊이 없는 물병이 기울어진다 무엇이 먼저일까

사전 속의 미신들은 서로의 높낮이 속에서 스스로의 위치를 가늠한다

수의 결음을 새로 잰다
값을 어디에 놓을지를 묻는다
물에 관한 넌센스
지구본에 수많은 부비트랩을 설치하기 적합하다

빗금이 엇갈려 놓인 공간을 보고 있다 산딸기를 가득 쌓아두는 오래된 사물을 무릎 위에 얹고 있다 빼곡한 부재를 좌표 삼아 눈동자는 이동한다

낙하 속도를 알기 위해 제거한 머리카락들이 기둥처럼 부풀어오르고 있다

그다음 우리는 감정을 믿으려 한다 모래시계처럼 가득차면 뒤집어질 뿐인 회로에 기도를 올린다 부르고 싶은 이름을 붙이고 먹이를 주고 마지막에는 요람의 형태로 짠 직물 안에 눕힌다 어디든지 가져가려고

보고 싶으니까

낯익은 온도가 구름처럼 몰려오고 사라지는데
우리가 공유하는 접촉의 크기가 측정되지 않는다

신호가 없는 것들로는 집을 지을 수 있다
옷을 가리는 몸처럼
눈을 가리는 눈이 한 해를 덮고 깊은 수납장의 문을 열어젖히고 있다

자작나무가 장식을 버리기 위해 하얗게 사라진다

손으로 만졌던 마음이 무거워진다
손바닥 위에 올리기도 전에

분홍 오렌지가 익고 있다

## 플루트

언니는 어렸을 적 플루트를 배웠다. 난 플루트를 만져본 적이 두어 번 있었다. 몹시 아름다운 악기였는데 난 그게 필요 없었다. 집에 돈이 떨어지자 언니도 플루트가 필요 없어졌다.

플루트는 어떤 일에도 슬퍼하지 않았기에 그 악기를 보는 일이 우리에겐 조금 슬프게 느껴졌다. 순리대로 플루트는 창고에 박혔다. 사라지고 있다.

## 신년 인사

서랍을 열자 검은 호스가 허공으로 뻗어나온다. 눈이 달린 듯 이리저리 움직이는 구멍을 향해 손을 내민다. 가장 까마득한 깊이부터 젖는다. 허물어진다.

사랑이요.
짧은 말.

속히 진행하라는 말을 아나운서가 하고 있다. 브라운관은 누구의 눈도 아니고. 청진기를 감춘 아이들이 노는 척 그림자를 진료한다. 나는 푸른 그림이 되어 너울거린다. 누가 나를 잡으려 높이 뛴다.

숨 좀……(누가 그런다)
숨 좀……(긴박하게)

코드를 도킹하는 눈으로 문을 닫는 이웃들. 장발의 남자가 수납장을 들춘다. 작게 웅크린 사람의 축적蓄積.

(긴박하게)

나는 호스를 차곡차곡 접어 누인다. 서랍 안에서 검은 구멍이 내 차가운 옆얼굴을 노리는 듯하고. 무릎 아래 웅덩이 같은 음영이 깊게 팬다. 뉴스에선 자박한 새해.

## 연말상영

손을 잡으면 눈이 녹아.
극장에서는 그래.

스크린 향이 있다는 걸 아니. 기묘한 냄새야. 우린 쿠션 달린 의자가 아니라 계단에 꿇어앉아 있는 것 같아. 한 칸씩 낮아지거나 높아지면서. 누군가는 나의 정수리를 내려다보고 아래 있는 머리들은 볼링공처럼 보이네. 밀어내면 멀리 굴러가버리는 것들.

엔딩크레디트가 끝없이 올라가는 티셔츠를 입고 싶어.
영사기의 불빛을 내 목젖과 눈꺼풀 위까지 쐬어도 좋다.

이상하지. 불 꺼진 자리에서 너의 이름을 읽는 일은 왜 언제나 어려울까.

너는 어두울수록 맑아지는 게 있다고 했지만 나는 컴컴한 공간에서 매번 어리숙했다. 숨쉬는 걸 잊어버려서, 나중에는 귓가에 다른 사람의 숨소리가 닿는다고 생각했다. 그러자 나는 어둠 속에 하얗게 떠오른 너의 얼굴을 볼 수가 있었다. 이런 걸 사람들은 시네마라고 부르는 걸까.

다리와 팔이, 뜨거워서 만질 수 없는 가슴이 얼굴이 녹아버리고 그렇게 공중에 떠올라도 좋다. 발을 바닥에 붙이고 있으면, 누가 바라봐주나?
자전하면서 없어지는 불빛들
나는 누굴 만졌던 손끝을 기억하고 만다.

모두 떠나고 나면
흐트러지는 공간으로서 눈뜨는
어둠이 있어

사라지는 눈사람처럼
시간은 처음의 모습으로 반짝이기 시작한다.

## 사랑의 조예

그는 멸종한 식물의 향기가 나는 사람이었다

그가 맡고 싶어 전화로 청하였으나 되지 않았다
난 달려가 그의 집 앞에 무릎을 꿇고
언 밤을 기다렸다

흰옷을 입은 그가 밖으로 나왔다
언제든 떠날 수 있는 발끝이
둥글게 닳아 있었다
한참 뒤에야
목소리가 들렸다

이 식물은 오래 물위를 달려왔어 가는 뿌리와 새처럼 활동적인 부레를 달고
간혹 노래도 불렀어
하나뿐인 잎에 긴 끈이 달려 하늘손이 쥐고 이끄는 게 아닐까
생각해봤어

한때는
떼 지어 이동한 몸이었지
함께여도 물에는 슬픔이 비치지만
자신의 숨소리는 듣지 않아도 돼

바깥으로 달리는 식물의 이야기야

아직 달리고 있는지
다시 무리를 지었는지
이후를 듣기 위해 나 매일 빌고 있어

반복하여 찾아가고 있어

사람들은 내게 깊은 물밑에서 나와
잠수를 그만두고
더는 무릎을 꿇지 말아야 한다고 조언해주지
하지만 물에서 나온 물을, 모래 없는 해변을 아무도 몰라

나는 빌고 빌어
결코 알고 싶지 않은 것을 알았어

처음 그들은 물위를 한없이 나아가는 나무처럼 보였다고 하였지

그는 말을 마치고 돌아섰다

나는 양손으로 찬 어깨를 안고 돌아왔다

오는 길에 산 외투는 무겁고 단단했다
걷기 어렵지만 오래 입겠구나
사라져도 여기겠구나
그 밤 그는 세상을 떠나지 않았다
내일도 얼마든지 무릎을 꿇으러 가리라
마음으로 약속했다

## 수요일

사람이 차오른 물이 투명하여 많은 표정을 만졌다
그림자 하나 남지 않도록 깨끗이 몸을 씻었다

나는 위치를 만졌다
그곳에 묻은 운으로는 아무것도 할 수 없었다

오후는 단 한 번이었다
이것도 잊혔다

나는 물의 단면을 보았다 숨이 섞이지 않은 긴 생을 마셔도 아무것도 차오르지 않았다

복제된 체온이 레이스를 벌였다

바닥이 걷기에만 좋은 형태로 다듬어졌다

유일하게 둥근 눈에서 곡선이 사라졌다 사람의 자리에 성에가 맺혔다 부딪히지 않는 투명한 뿔이 전신에서 자라났으므로 세상은 슬픈 형태를 하고 있었다

## 나란한 시

스프링클러가 돌아가는 동안 사진을 몇 장 찍었는데
볼래?

두번째 사진은
물방울무늬 천 같지

우천으로 경기가 취소된 야구장엔
누워도 되지만
등이 젖잖아

너는 너무 아무렇게나 다녀
별에 너 혼자 있는 것 같아
그렇게 거칠 것이 없는데

우박도 아무데나 떨어지는 건 아니야

조금 기다리면 좋아하는 구절이 나오는 노래
우리의 이야기는 그런 식이지

중간에 라디오를 꺼버리는 손

잔디에는 이슬이 있어
우리가 볼 수 없다고 해도

은하수처럼

눈 감아봐
지금

웃음소리는 얼굴에서 들려오지 않잖아

## 여는 시

물을 좋아하지만 유리병 속에 든 물은 아니었다

나는 글자를 적었다 그리고 물이 내게로 올 때까지 기다렸다 물은 사람을 죽이지 않았고 물은 生도 아니었다 물 안에 든 生이 있었다 누구의 것도 아니었다 유리병에 넣으면 生은 사라졌다

만져지는 하늘이 내 머리 위에 있었다 나는 하늘이라고 말했다 불린 사람이 돌아봤다 마주치지 않았다 나는 만져지지 않는 사람으로서 어딘가를 돌아보고 있었다

나는 사람을 기다렸다 사람이어서 기다렸다 아무것도 나쁜 일은 없었다 시간이 흘렀다 나는 生을 부르면 죽음이 온다는 사실을 알았다 그것도 나쁜 일은 아니었다 나는 사람을 부르면 아무도 대답하지 못한다는 것을 알았다

거꾸로 떨어지던 사람을 바로 세우고 허공을 걷게 했다 걸음이 끝나는 곳에 나를 세웠다 그는 나를 통과하여 절벽을 향해 멀어져갔다 나는 그를 불렀다 기다리는 일은 불행이 될 수 없었으므로 나는 기다리는 것으로부터 계속 멀어졌다

나는 나가고 싶었다 그래서 사람이 오기를 기다렸다
나는 어디로도 흐르지 않았다 나는 내가 아주 많은 장소를

지나 어딘가에서 뒤를 돌아본다고 생각했지만 잠깐 나는 찰랑거렸을 뿐이었다 나는 사람이 아닌 다른 것으로서 사람을 기다렸다 나는 멈춰 있었다 나는 사랑을 기다렸다

## 친구는 다치지 않으리

산세베리아 화분을 신으로 섬기는 모임이 있었다. 사만도 그중 하나였다. 어떤 일이 있었을까? 사만은 산세베리아 화분을 사랑하게 되었다. 사만은 상인이었다. 그건 아무것도 아니면서 가치 있는 일이었다.

모임의 사람들은 커다란 산세베리아 화분을 그들이 드나드는 숙소 한가운데 두고 바라보았다. 시간도 의식도 정해진 것은 없었다. 다만 산세베리아를 괴롭히면 안 되었다. 자칫하다 산세베리아가 죽을 수도 있기 때문이었다.

사만은 산세베리아 화분에 가까이 다가갔다. 접촉하지는 않았다. 미끈한 잎을 들여다보며 있을 수 있을 만큼 그 자리에 있었다. 색과 냄새가 어떻게 달라졌는지 미묘하게 알아차릴 수 있었다. 사만은 자주 이런 상태로 산세베리아를 살폈다. 어느 날 다른 산세베리아로 바뀌어도 자신만은 알아차릴 수 있길 바랐다. 그는 모임에 들어온 지 얼마 되지 않은 신입이었고 산세베리아는 그가 있는 동안 한 번도 바뀌지 않았다.

이고가 벽에 기대앉아 커피를 마시며 산세베리아 화분을 응시하고 있었다. 긴 머리카락을 색 입힌 집게로 아무렇게나 넘긴 상태였다. 이고의 부모는 처음부터 이 모임에 있었다. 상주하며 산세베리아 화분을 섬기는 자들이었다. 사만은 그들을 잘 몰랐다.

—커피 마실래요? 제가 조금 마셨지만.
—좋아요.

사만은 이고에게 커피가 든 머그잔을 받았다. 이고는 커피에 설탕을 넣지 않았다. 사만은 커피를 달게 마시는 것을 좋아했지만 산세베리아 화분 앞에서 이고가 주는 커피에는 각별한 정취가 있었다. 사만은 머그잔을 가볍게 흔들었다. 절반 이상 남아 있는 커피가 찰랑거렸다.

—언제나 아주 조금만 드시네요.
—그저 기분을 느끼기 위해서예요.
—그렇군요.

산세베리아 화분은 늘 1층의 넓은 방에 놓여 있었다. 모임에 오는 사람들이 바로 접할 수 있도록 문은 늘 열어두었다. 그곳으로 시원한 바람이 들어왔다.

—난 엄마아빠가 이 모임에 있는 게 좋지만, 한 가지 의아한 게 있어요. 다른 곳과 달리 왜 우리의 신은 살아 있는 걸까요.

이고가 말했다. 그 말을 듣자마자 사만의 마음은 슬픔으로 가득찼다. 그는 화분으로부터 눈을 돌리며 고개를 끄덕였다.

—그러게요.

다른 말이 떠오르지 않았다. 사만은 티나지 않게 이고의 얼굴을 살폈다. 이고의 얼굴은 사만의 힘없는 동의에 실망한 것처럼 보이지는 않았다.

—언젠가 이 산세베리아가 사라진다면 견딜 수 없을 거예요.
—저도 그래요.

사만은 마른세수를 했다. 손바닥이 지나간 자리에 아직 건강해 보이는 그들의 신이 있었다.

—그때는, 같이 죽어요.

이고가 말했다. 사만은 커피로 입안을 축였다. 미지근한 온도와 쓴맛은 서로를 깊이 이해하고 있었다. 그는 고개를 끄덕였다.

—그래요.

작은 목소리였지만 이고는 만족한 듯 보였다. 반쯤 열어 둔 창문의 커튼이 부풀었다.

이고는 머리카락을 올린 집게를 빼서 바닥에 내려놓았다. 그곳에는 이고가 심심할 때마다 볼 수 있는 책과 곧잘 만지작거리는 나무 블록이 있었다. 젠가를 하면 좋겠지만 블록은 하나뿐이었다. 가끔 산세베리아가 젠가를 올려주는 장면을 떠올리곤 했는데, 이고의 상상 속에서 게임의 끝무렵 무너지는 것은 언제나 젠가가 아니라 산세베리아였다.

이고는 벽에서 등을 떼고, 무릎으로 걸어 화분 앞까지 왔다. 그는 키가 작았다. 일어서면 지금의 산세베리아와 꼭 같았다. 그것을 확인하는 것은 이고에게 대단히 기쁜 일이었다. 이고는 일어나지 않고 무릎을 꿇은 채 도기로 만든 화분을 양팔로 끌어안았다. 산세베리아 잎에는 전혀 닿지 않았다.

—네가 좋다.

이고가 말했다. 사만은 머그잔을 들고 가만히 있었다. 그는 속으로 '만일 그때가 온다고 하더라도 이고를 죽게 하진 않을 거야. 나는 잘 모르겠지만' 하고 생각했다. 아무도 들은 이는 없었고 산세베리아도 고요했다.

# 정원

채소처럼 아름다운 사람들이 있었다

나는 정원을 가꿨다
불을 켜고 바라보고 싶은 정원이었다

사람들의 얼굴에 채굴되지 않은 달이 있었다
머리 위로 밤이 떠올랐다

발목을 자른 영원이 등불을 들고 눈길을 걸어오고 있었다
가슴에 발자국이 찍혔다
사랑하는 사람들이 숨을 죽이고 그것을 세었다

나는 정원의 가장자리에 입을 맞추며 걸었다 발자국이 울타리를 짓고 또 지었다
어둠 속에서 사람들의 걱정이 구전되었다

시간이 무지개처럼 긴 수열을 펼쳤다

나는 사람들을 하나씩 캐었다 그들은 정원 밖에 누웠다 나는 눈먼 말로 정원 밖을 증언했다

## Pi-하고 있는

이곳의 이름을 이곳의 신호로

오카리나를 불던 사람이 멀리 있어도 그를 부르면 음성이 선율이 되듯이
자주 흔들리던 다리가 하나라는 이유로 그 위의 하나가 안도하듯이

손가락이 파란을 모를 만큼 해가 있고

사람들은 모르는 호의를 꺼내 부르고

물의 곡선을 아무도 놀라워하지 않아 그것을 담은 필름이 암실에 잠든다

간격이 멀리 달려가기 전
우리는 차가운 복도에서 함께 벌을 섰다 사유가 소란이었으므로 벌은 고요했으나 차가운 복도는 작은 숨결에도 웅웅거려, 아무것도 함께란 것 이상의 효과가 없었다

악기의 구멍은 호텔의 입구 같아 사람들이 드나드는 그치만 불어주지 않으면 외로운 거야 노트에 적은 단정한 말투 짧게 머리를 스치는 연필의 향

—함께 벌을 받았으니 함께 상도 받을 거야

꿈 없이 물결무늬로 지나는 밤

이마 위를 어르며 떠나는 빛무리와 사람이 믿는 달의 움직임 아직 우리 곁에 머무는 차가운 사전을 펼친다 어떤 바람은 페이지를 넘기지 어떤 입김은 마음을 전하지

그러나 어두워지고
사진 한 장이 또렷해지기에 알맞은
서랍을 무서워하는 시간

## 플라스크 속의 작은 인간*

눈 속의 점들이 데모를 중지했다, 너희⋯⋯ 왜 그래, 전처럼 나를 괴롭혀줘, 이대론 어렵다, 프리스트가 나오는 만화를 읽으면 반드시, 그가 송장 앞에 서리라고 믿게 될 거다, 저주의 주파수를 찾아낸 바람에 하루라도 라디오를 켜지 않으면 못써, 너무 궁금하다, 끔찍해서, 다른 이유는 없다, 엘리베이터의 이동 경로를 읽는 계단, 끊어지는 건 한참 후니까, 웅웅거림과 다르지 않은 기도를 해줘, 다만 들을 수 있는 것도 오직 너희뿐이다

아임 얼론이라는 과일을 본뜰 수가 없다, 나는 이제 가두기 싫다, 한 번도 판화를 조각하지 않은 가슴, 그게 이 일기를 화초로 만들었다, 화분에 두 발을 집어넣은 채 만드라고라**의 소리를 치며, 이대로 싫은 순서의 밤에 있어야 하나

 네트
볼 볼
볼 볼
 네트

작은 플라스크 속에 계속 던져진다, 주사위의 면은 충분히 많다

---

* 아라카와 히로무, 「강철의 연금술사」.
** 뽑으려고 하면 비명을 지르는 판타지 세계의 삼蔘.

얼굴을 하나씩 건드리며 내려오는 파란 큐브가 있다, 한 줌짜리 바다가 그 안에 들어 있다, 인어답지 않은 태도가 들어 있다, 머리카락만 재는 줄자와 늘 비워둘 것을 강조하는 취급주의 설명서가 들어 있다, 나도 하나 넣는다, 기다려도 돼, 뒤늦게, 돌아올 때까지 들어 있어줘, 좋아하는 사람을 너무 쳐다보면 사과가 꼭 맞는 구멍이 생긴다

감고 싶은 눈이다, 바나나피시*, 유일한 속임수를 잘라, 아무도 물지 못하게, 찌가 흔들리는 세상, 처음 읽은 소설에선 그물 옷을 입은 신이 정지한 채 물고기를 나누고 있었으니, 뭐든 그의 차림대로였다, 눈물을 흘리는 뮬란이 내가 신기에 더 적합하다, 그러나 이것이 기쁘려면 모두 발이 희어야 했을걸, 흰 것은 내기에서 이긴다, 출연도 없이

오늘, 이 시
이 안에서 작은 인간은 누구인가

나는 이미 물려 있다, 돌아올 순서가 필요하다, 아무것도 돌지 않는다, 모르는 사이가 나의 흑막, 지금이 나란히 선 모양새가 읽히지 않았다, 밟고 오르는 사람이 있는데도, 화를 낸다면, 우리가 애니any다

---

* J.D. 샐린저, 「바나나피시를 위한 완벽한 날」.

## 같아요

미네(왼쪽 정렬) 머리말이라고 생각되는 곳에 서 있을 것
오리(오른쪽 정렬) 발치라고 생각되는 곳에 서 있을 것
람들 아무렇게나 있을 것
'—'는 질질 끌기

오리가 말하길, 조금만 기다리면
빛나는 뜨거운 소금 안에서 람*들이 우리를 찾아내
다른 계절을 살 수 있게 해줄 거래.
하지만, 오리는 예언만 하지만
내가 직접 겪어본 결과
람들은 약속을 잊어버려.
그리고 나는
내가 원해서 이곳에 숨어들었지.

눈꺼풀 안쪽에 있는—눈물샘은
그건 눈꺼풀 바깥쪽에 있어.
아무튼. 나는 그게 있다고 말하려는 거야.

---

* 모음이나 'ㄹ' 받침으로 끝나는 동사의 어간, 또는 어미. '-시-' 아래에 붙어, '해'할 상대에게 쓰이거나 혼잣말에 쓰여 '-라고 했나 뭐'의 뜻으로 어떤 상황이나 사실에 대해 가볍게 반박하거나 마땅치 않게 여김을 나타내는 의문형 종결어미. 『훈민정음 국어사전』, 금성출판사, 2004.

숨기로 작정한 이후 나는 중요한 것을 알게 되었어.
람들이 보았다고 믿는 것이 어딘가에 고여서
말을 하고 있어.

한 가지 더,
그것들은 람들과 달리, 혹은 람들과 완전히 똑같이
숨기로 마음먹은 순간부터
동그랗게 맺혀서—여러가지 상으로 구르고 있을 뿐이야.
아무도 믿지 않으면?
잠시 가만히 있다가
다시 구르기도 하고, 아닐 수도 있어.

이 세상에 있는 것들 중에선
드물게 예의가 바르다고 할 수 있지.
람들에 대해서라면
나를 빼놓고 말하면 안돼.

나는 가만히 있었거든.
처음부터 나는 아무도 방해하거나 괴롭히지 않았어.
나는 그걸 어떻게 하는지도 모르거든. 내 말을 알겠지?
난 몰라.
무슨 뜻인지 알겠어.
좋아.

(그렇게 말하고도 사실,
무엇이 좋다는 건지……)

지금과 가까운 일요일이었어.
나는 벤치에 앉아서 쉬고 있었어.
더는 해야 할 일이 없었어.
할 수 있는 일이 하나도 없었다고는 말하고 싶지 않아.
굳이 내가 잠깐 앉았던 벤치나
날씨를 나무라고 싶지는 않으니까.
아무튼 그 순간에는 뭐가 없어 보였어.
그리고 나를 기다리느라
혹은 내 일의 결과물을 기다리느라 대기하고 있는
람들도 없었고
아주 지겨웠어. 그 오후가 말이야.

오후였어?

오후이면서 낮. 대낮.
혹은 해가 떠 있는 저녁이면서
반 정도의 하루.

나는 가방을 두고 나왔고
치안이 좋은 국가에 있었어.
완전히는 아니지만 절반 정도는 긴장을 풀어도 되는
상태였지.

내 판단이 그랬어.
하지만 그럴 수 없었어.

왜?

들어봐.

내가 조용히,
나와 관계한 일말의 일과 마찬가지로—없다고 해도
상관없는
그윽한 상태에 속하려 했을 때였어.
본묘猫가 사실은 웅덩이에서 온 룬인rune人이라는 자가
내 무릎으로 올라온 거야.
정말 멋진 경험이었어.
그렇게 람 같은 고양이를 본 적이 없었어.
그는 자기가 람들을
한 명도 죽이지 않았는데도 불구하고
이 위치에 있다고 이야기했고,
그 사실이 굉장히 불만스러운 눈치였지.
문제는 그가 말을 하면서 내 무릎에 올라와 있었다는 거야.
'위치'를 말하면서 말이지.
그래. 모든 것이 불운했어.
눈을 뜨자 우리는 내 무릎을 무서워하게 되었으니까 말이야.
기억할지 모르겠는데, 너도 내 무릎을 보면서
그것이 두 개이므로 어딘가를 향해 불거져 있는 눈

같다고 말했지.

기억난다.

어떤 날에는
아무리 찾아도 할일이 없는 주말에도
내 무릎이 하나가 아니라 두 개인 이유가
궁금해지곤 했어.

그 룬인은 정말 무심하구나.

람들은 마치 덜 녹은 눈이 거슬리거나,
조금도 거슬리지 않는 것처럼
그 자리에 늘어져
뭔가를 요청하고 있었지.

이렇게.

이렇게.

새벽 혹은 지하

햇빛

거기에 가지고 갈 일이 있는
런치 박스

푹신할 리 없는 스킬*

---

* 일정한 길이로 자른 털실을 갈고리 모양의 바늘로 망사에 걸어서 수를 놓는 자수. 온라인 『표준국어대사전』.

컴퓨터

워크맨*

그런 것들을.

내가 룬인을 만나던 그 순간

나는 인생에 있어서 가장 중요한 타이밍이라고

그걸 알고 있어서 정말 다행이라고 생각했어.

난 내가 고양이처럼 흐를 수 있다고 믿은 적이 없었거든.

그가 내게 말을 걸자

모든 것이 바보 같고 우스워졌어.

부모님이 알면 화냈을 거야.

그러니까 내 말은

정말 유쾌했겠구나.

그래. 하지만 람들은 그때에도

내 발치에, 머리맡에 있었던 거야.

너도 알다시피 '가만히'라는 말이

언제나 완전한 부동자세를 의미하지는 않아.

그런데도 람들은

내 주위에서 제각기 최선을 다하고 있었던 거야.

마음이 약해지는걸.

람들의 노력과는 상관없이

모든 자세들은 다른 받침대를 필요로 하거나

* 소니의 포터블 카세트 플레이어.

단단한 것에 크게 부딪쳐 있는 모양새였지.
난 이 바보 같은 '가만히'를 그들에게 전달하고 싶었어.
바람이 건드려서 잎사귀가 움직여도
식물은 혼나지 않는다고.
조금 움직여도 된다고 말이야.
오리. 어제는 어떤 일기를 적었니.
지금 내가 말한 것들.
하지만 아무도 내 노트를 확인할 수 없을 거야.
상태가 나쁘다.

일요일 기억나?
달력이 너무 많이 반짝인다고 전화로 얘기했었잖아.
그건 미래의 일이야.
일요일은 끝에 있기도 하고
처음에 있기도 하지.
그건 내가 할 말이야.
네가 말했어. 내게 전화 걸었고
"람들이 우리를 엿듣게 해줘"라고 말했지.
넌 이렇게 말했어.
"람들이 우리를 엿듣는 동안
아무 말도 하지 않게 해줘"
그건 타당한 요구였어.
어두워지면 그들은

밤!

하고 말하지.

그리고 얼마 지나지도 않았는데

해!

하고 소리치잖아. 그래서 달력은 항상

너무 많이 반짝거리고

가끔은 그럴 필요가 있단 걸 알면서도

내가 4월을 어떻게 지냈는지 알아볼 수가 없어.

어떻게 하고 싶어?

사실, 어떻게 하고 싶다고 해도

내 무릎은 여전히 두 개일 거야.

사이클롭스!

(쳇!)

오븐.

5분

박력분

콘테스트.

콩테conté.

컨텍스트context.

샌드위치

(수상한 의미의)

피자.

(제안을 포함한)

소울.

(악성 댓글의)

풀 문.

(애니메이션의)

레드럼

(〈샤이닝〉*을 의식하며)

모리

(어떤 만화의 레귤러 멤버로서,

오직 레귤러 멤버가 무엇인지 말하기 위해)

집단의 부모님과 부모님의 집단들

담배 패밀리

커튼콜

(어릴 적, 오리는 테이블 밑에서 이 커튼콜을……

……기다린 적이 있었다……)

론다 로우지

마리아 칼라스

릴리트**에 대한 숫자

6은 나무 7은 돌고래***

만화영화

---

* 레드럼redrum을 거꾸로 하면 모살murder. 〈The Shining〉, 1980.

** 메소포타미아 문화권 텍스트에서 올빼미, 아담의 첫번째 아내로 그려지는 여성.

*** 박상순의 시집.

극장에서 최초로 그림이 움직이는 걸 보았던 람들은
의자에서 떨어졌고……

요란한 접시*

베티 붑**

네가 본 룬인은 요술 고양이 펠릭스***일지도 몰라.
만일 그렇다면 우리는 다시 한번
람들에게 속은 셈이 되겠지.

그거 알아? 베티 붑은 처음에 람이 아니라
푸들이었다고 해.
람들은 어째서 고양이 자세, 개 자세를 하고 싶은 걸까.
난 이유를 알아.
네가 아는 걸 말해줄까?

오리, 네가 전화했을 때
난 일을 하고 있었어.
왜냐하면

---

* 〈Dizzy Dishes〉, 1930. 베티 붑이 처음 등장한 6분짜리 흑백영화.

** Betty Boop. 1930년부터 'Talkartoons' 시리즈에 등장한 웨이트리스 캐릭터.

*** 〈Felix the Cat〉, 1919. 캐릭터성을 갖춘 최초의 애니메이션 캐릭터. 이름이 붙여지기 전 파라마운트 픽처스에서 제작한 단편 〈Feline Follies〉에서 처음 등장. '위키백과'.

일을 해야 하기 때문이겠지.

바로 그거야.

일 년 전, 다시 일 년 뒤에 난 애인과 함께 고장난 라디오를 고치고
집 꼴이 너무 거지같아서 대청소를 하고
커튼을 사고 싶다고 말했지.
애인이 물었어.
"우린 좋은 커튼을 살 거고 그걸 단 집은 이전보다 한결 나아 보일 텐데, 왜 아직도 커튼을 사지 않고 이 방에서 라디오를 틀고 있을까?"

뭐가 문제야?

왜 그런 일이 하필 내게 필요한지 모르겠어.
그 일이 없어서가 아니라
그 일이 필요하기 때문에 불행하지.

사랑에 대해서 이야기하는구나.

만일 그렇다면 실망스러울 거야.

애인은 어떻게 되었니?

람들이 되었어.

별수없네.

별수없지.

둘이서 힘을 합쳐 라디오를 고치고 만 것을.

이상해.
혼자 있으면 내가 보이고 람들과 있으면 람들이 보여.
그건 내가 어딘가에 있다는 뜻일 거야.
떠오르거나, 사라져버리지 않고.

너무 조용해졌어.

말 좀 해줄래요?
조용히 해. 모두 예의바르게 행동하는 것뿐이야.
내가 무례한 걸까?
우린 그냥 아무것도 안 하는 거야.
넌 어제 말을 했어.
그리고 오늘도 말을 했고
예언자니까.
틀린 예언뿐이야.

피아노 소리가 있었는데
오늘은 없네.
(피아노 소리……
순수한 빵 같은 기분이 되는 걸로)

정확하게는 누가 틀리게 하는 예언이야.
들을 수 없는 건 너지
예언이 아니잖아.
시간은 이 노트*를 흐리게 하네.
슬퍼하지 마.

모든 것은 그 자신이 아닌 다른 것과 같아.
하지만 자신이 되기 위해 애쓰지.
넌 그 룬인에게 뭐라고 했어?
난 이렇게 말했어.
"이 시간은 마치 다른 시간 같아요"
높임말을 썼네.
예의바르고 싶었거든.
일기엔 뭐라고 썼어?
"이제 우리는 함께 걷고, 함께 뛰고,
저 태양 아래 하루종일 같이 있을 수 있어요"**

왜 그런 말을 했니.
모든 람들이 무리에서 걸어나와 람들이 되었고

* 음이나 음표를 의미.

** Now we can walk, now we can run, now we can stay all day in the sun. 〈인어공주〉 OST, 1989.

우리는 그들과 함께 있을 테니까.

(미네는 눈을 감고
한번 더 오리와 함께 숨기로 마음먹는다.
오리를 지키기 위해.
완전히)

## 유저 인터페이스

휴일을 속이고
사람들은 체조를 한다.
피규어처럼 한 동작을 위한 표정을 짓고.

항상 꾸는 꿈이 있지. 백 년 동안 진압되지 않는 화재야. 왼쪽이 꺼지면 오른쪽이 켜지고. 누군가 불을 피해 걷다가 자꾸 넘어진다. 모닥불 주위를 도는 인디언 아기처럼. 아침이면 야경에 그을린 연인의 뺨을 만진다. "불속에서 사는 건 어때." 다정한 목소리로 그가 묻는다.

고양이들만이 뜨거움을 안다. 발을 잘 놀려 허공을 걷고, 금세 사라진다.
유리창에 상영되는 투명한 영화가 있다. 유리창 속에서 뛰는 사람들이 있다.
매일 샤워를 하고 몸을 만질수록 서로 겹쳐진다. 하나쯤 가져도 좋은 보석처럼. 소중해진다.

"세상이 아무리 시끄러워도
사랑은 조용히 해야 해."
별표를 쳐놓은 부분.

움직이고 싶을 때면
비가 내리기를 기다린다.

수중에는 언제나 하나의 종교만 있다.

## 중학생

나는 급식을 받고 있었다
누가 책을 훔쳐가서
재미있거나 웃을 일이라곤 한 가지도 없이
오로지 혼자서

위로처럼
유리그릇에 담아온 젤리
그 안에 사랑하는 사람이 갇혀 있었다
양 주먹을 붉게 휘두르고 있었다
냅킨에는 '한 입에 드시오'
내가 믿는 신의 글씨였다

나는 복도에 나가 전화를 했다

—뭐하고 있어?
—점심시간이야.
—왜 전화해?
—(널 젤리에서 봤다고는) 그냥. 너는 뭐했어?
—지금 막 기뻐지려던 참이었어.
—……
—정말이야. 벨이 울리기 전까진 가능성이 있어 보였어. 딱 1초만 있으면, 그러면 되는 거였어.
—미안해.

—……

—내가 뭘 하면 좋을까?

—당장 돌아가. 책상으로 가. 그리고 계속 밥을 먹어. 꼭꼭 씹어 먹어.

—……

—내 말이 우습니?

—아냐.

—그러면 왜 계속 거기 있는 거야? 내 너머에, 왜 하필 거기에 네가 있는 거야?

—지금 돌아갈게.

—……

—앞으로 너에게 기도를 해도 괜찮을까?

—그래, 기도만 해. 절대로 전화 따위는 하지 마.

교실에 돌아오자
책상 의자에 앉은 쥐가 젤리를 우물거리고 있었다

나는 빈 그릇을 들여다보았다

—돌아가.

투명한 얼굴이 내게 말했다
기다려도 끊어지지 않았다

## 틀림없는 중학생

토요일, 노래방 앞을 지나가면서 우리 반에서 노래를 가장 잘하는 애를 봤다. 머리카락이 인공적으로 까맣다. 그건 염색의 증거다. 손목엔 금색 시계를 찼고 귀에는 실리콘이 박혔다. 천으로 만든 조끼 대신 푹신푹신한 니트를 입었다.

너무 배스킨라빈스에 가고 싶다. 비닐에 싸인 분홍색 숟가락이 꿈에 나온다.*

색이 벗겨진 과속방지턱에 애착이 생긴다. 난 살이 쪘고 교복 조끼가 작아졌다. 지난주에 내가 가지고 있는 갈색 체크무늬 니트에 명찰과 학교 마크를 박으려 했다. 하고 싶은 일에는 절대 용기가 안 난다.

애니메이션을 보다가 아쿠아리움을 신성한 곳으로 여기게 되었다. 하지만 거기가 도둑들의 소굴이나 마찬가지라는 걸 안다. 이 사실은 내게 죄책감을 가져다주고, 난 63빌딩이나 다른 아쿠아리움에 올라갈 돈이 없다.

정수리 위로 거대한 고래의 배가 드리운다. 이런 것을 꿈이라고 부른다면 어떤 예쁘게 생긴 숫자에 영향받지 않고 나의 작업을 계속할 수 있겠지. 괜찮은 일이다. 게임을 잘

---

* 윤희, 1992.

못하는 사람이 PC방에서 아침, 점심, 저녁을 모조리 시켜먹으며 하루를 보내는 것도. 팀 보이스로 욕을 먹는 일 따위, 그런데, 멘탈과 멘톨은 정말 발음이 비슷하다.

담배를 피우는 내 친구는 친한 언니들이랑 댄스팀을 만들었다. I역에 그런 장소가 있다고 한다. 청소년 댄스팀이 다 모여서 재량을 뽐낸다. 내 친구는 머리를 몹시 짧게 잘랐고 그것을 '에이치오티처럼'이라고 말했다.

난 사진을 찍었다. 엄청 긴 힙합바지를 입은 내 친구가 과속방지턱에 서 있는 사진인데. 신발은 파묻혀 보이지도 않고 바지 밑단은 일 미터가 넘게 늘어져 내 앞까지 와 있다.

친구의 바지는 하나도 힘이 없는 니은 자로 서 있다. 벨트는 짧다. 친구는 플루트를 연주할 줄 알며 그 사실을 나는 알지만 아무에게도 말하지 않았다. 플루트는 귀족적인 느낌을 준다. 그리고 꼭 긴 머리의 사람들만 연주해야 할 것 같다. 잘못된 느낌을 동경하는 것, 그것도 잘못일 것이다.

밤에 학교 운동장에서 너구리를 봤다. 그는 쓰레기통도 뒤지지 않고 슬픈 얼굴로 큰 쥐벚나무를 빠르게 두 바퀴 돈 후 언덕을 올라갔다. 그러고 나면, 다시 보이지 않겠지.

## 중학생의 별

중학생 때 본 만화야.
플루토*라는 머리칼이 길고 아름다운 남자가 밤에 관한 이야기를 해주는데
하필 그 장면만 잘려 있어.
다음 페이지에선 짝, 하고 박수를 쳐.

—멋진 이야기지?

단지 입술이 귀에 가깝다는 이유로
귓속말을 좋아했어.
우리는 가쁜 숨을 그릴 줄 알지.
멀리 있는 친구가 곧 쓰러진다는 건
알 수 없어.

—못 들었어.
말이 얼굴을 갖고 있어서
조금 무서웠지.

잊기로 한 거리가 우리 손으로 대화를 만들고 있어.
아무것도 다정하지 않아.
채소가 자라는 뜰에서 멍하니

* plot의 친구.

움직임을 찾았어.

—몽골에 간 친구가 천문대에 오르지 못했다.*
—슬프지 않아?
—하지만 슬픈 이야기는 아니야.
—그렇다면 단지

—기록을 사랑해.
—표정을 추적해.
—허공에만 큰 이름을 붙이고 그곳에서 우리를 보는 눈이 빛난다고 생각하잖아.
—그래서, 믿어?

……가고 싶은 곳이 자꾸 가만히 있다.

—조금 웃어볼까.
—웃어도 항상 슬퍼.
—이브**처럼?
—주장하는 사람들처럼.

---

* 호저, 1994.
** 양영순, 『덴마』에 등장하는 안드로이드.

—지금 막幕.

—숨에 숨어*.

—나는 어릴 적의 병을 간직한 채 성인이 되었다. 그 병의 증상은, 성인이 별을 의미한다고 착각하는 것이다. 맨발로 걷지 않아도 겨울은 추웠다. 양말로 엮은 사다리를 밟고 내가 사는 아파트의 하늘로 안전하게 떨어지고 싶었다. 세상에는 도망치기 좋은 나이만 있었다. 이야기는 현실로 돌아간 적이 한 번도 없다.

* 이모티콘.

## 미소

끈을 쥐고 있는 사람. 끈의 끝에 무엇이 있는지 물어보았다. 그거, 사랑이에요. 라는 대답이 돌아왔다.

영원히 끈을 쥐고 있어도 좋아요. 잡아당겨주지 않아도 좋아요. 그 사람은 천진난만했다. 영원이라니. 아기들이 세상에 나오기 전에 그렇게 말했을까.

수평의 끈을 쥐고 움직이지 않는 사람. 끈은 어디론가 뻗어 있다. 이거, 제 몸이에요. 몸의 한 부분이에요. 어떻게 움직이는지 몰라요. 모르는 게 좋아요. 나는 동의한다.

그가 숲처럼 보인다. 숲처럼 보인다. 힘들어 보인다. 아무렇지 않아 보인다.

도움을 요청하세요. 아니에요. 저는 끈을 쥐고 있어서요. 그는 사람이다. 그를 부정할 방법을 찾을 수 없다. 찾고 싶지 않다.

그가 있다. 움직이지도 가리키지도 않는다. 나는 그를 보고 있다. 그의 반대편을 나는 모른다.

## 휴일

구름이 내려 사람들이 푹신해졌다

모자의 밀회를 추적하던 사람들이 모자를 잊었다
하늘의 빛깔을 세던 사람이 파도를 잊었다

언젠가 한없이 쉬어도 이 휴일을 기억하리라

부푼 롤빵처럼 사람들이 길을 구르고
아무도 조용한 어제를 시끄럽다고 말하지 않는

주유소에서 함장이 미끄러지고
수줍음 많은 사람들이 일제히 언덕을 고백하는

순간이 빛난다면 우리가 다 잊을 때쯤 우주에선 한 개의 조명이 켜질 테니까

화려함이 단순해지고
모든 맹목이 존중받았으며
인파에 깔린 모르는 돌은 허공에 켜져 우리의 눈을 밝혔다

고요하며
얼마든지 고요하며

사랑하며
얼마든지 사랑하며

파란의 어감이 바래져 아무도 읽지 않는 우화 속의 봄이 되었다

아무도 듣지 않지만 기다리고 있는 소리로
미래의 종이 몸을 더듬어 여기 이곳을 울리고 있다

처음 맞은 구름이 먹먹하고
모두 멍들게 한 것을 잊을 때까지

## 빛의 운

처음을 손질하지 않으면 떠나야 해. 우리는 깨끗한 마음이 잠든 침대 앞에서 그 말을 들었고

사람들은 가져갈 수 없는 얼굴을 만져달라고 했다. 잠시라도. 하얗게 비운 눈을 맞는 듯이. 이러지 않고 만날 방법이 있을까. 무릎을 안고 나는 생각했다.

—수면에 천칭이 놓였어.

—그쪽으로 기울어질게.

빛의 운이 실명을 가르쳐주었다. 부를 수 없는 이들을 안은 점이 구르며 이동했다. 나는 그림을 바라보듯 북적거리는 글자를 만졌다.

—잡지 마. 닻이 떠오른다.

—우리가 닻이야.

고요하여 슬프다는 말의 의미를 듣기 위해 웅크렸지만

고요한 의미가 있다는 것을 알았을 뿐이었다.

실수가 생겨 달이 찼다. 초를 켜지 않은 어둠 속에서도 분위기를 셀 수 있었다.

손 안에서 금이 다른 금을 만졌다. 사람들이 얼기설기 붙잡은 양팔을 흔들고 있었다. 아래에서 우리는 포도처럼 보

일까. 겁에 질린 눈동자와 동공이 투명하게 드러났다. 그리고 누군가, 힘을 다해,

—별처럼 보일 거야.
—별처럼 보일 거야.
—별처럼 보일 거야.

## 사랑들

친구들은 살고 싶어지면 학원에 간다

나의 사람들은 도망치고 싶지 않아서 더 무거운 구속구를 마련한다 그를 위해 무엇이든 지불하려 한다 귀가하는 길이면 비가 관자놀이를 때린다고 여름 첫차의 에어컨이 아프다고 말한다

나는 듣고 있다 도움의 정의는 조금 대충이다 사람들은 선의를 믿는 척하면서 그것이 머물 방을 마련하지 않았다 분수의 물이 매 순간 멀리 달아난다 아무도 그리지 않은 지평선
친구들은 그 앞에 서 있다

—어제 무기에 관한 잡지를 읽었어 이런 생각, 폭발이 아무도 다치게 하지 않는다면, 한 번쯤 폭발했으면! 도무지 방법을 모르겠어 모든 무기는 정렬한 것처럼 생겼던데 재고도 폐기도 아닌 채로 언제까지 그렇게 줄서 있어야 하는 걸까
불온한 마음이지만 분명 내게 있었어

—마주보고 싶다…… 왜 멀리 있어? 하필 사람이어서 날아갈 수 없어

—두더지라면

—어둠은 깊어서 다 같이 있을 수 있으니까

—장미였다면

—단 한 송이의 곁이라면 모두가 함께야!

—우물이어도 좋아

—들여다보지 않을 때는 어디에나 있는걸

—은하에

—수중에

—발레 동작에

—믿음에

—감상에

—좋은 서퍼구나

—우리도 그래 (스마트폰을, 수업을, 뉴스를, 신청서를, 법을, 굽이굽이, 언니) 하지만 가장 멋진 묘기를 부리는 순간에는 쳐다봐주길 원하는걸 물은 멀리 쏘아지고 우린 이곳으로 돌아와야 해

—……

—내가 폭발하면 나의 조금은 언니가 가질 수 있겠지 그럼 난 조금도 다치지 않을 거야 *부디 가져줘*

# 2부

진짜 밤?

## 연강
## —땅

뜰에 있다가 거실로 나왔다. 사람들이 피어 있다.

나는 손을 모으고 사람들을 안아주는 시늉을 하며 돌아다닌다.

나는 피곤한 눈을 비빈다. 사람들이 나를 따라 하품을 한다.

이런, 이별이네요.

사람들이 구름 속으로 사라진다.

잠깐 날았다가 오래 앉았다. 사랑들이 사람처럼 주위에 모인다.

나는 사랑들을 먹이고 재우다가 잠든다. 잠 속에서 나는 잠들지 않으려고 한다.

사랑들이 나를 떠난다. 검은 천으로 얼굴을 덮고 하얀 하늘을 날아 사라진다.

사랑으로 된 잠을 길게 끄는 사람이 뜰에 버려져 있다.

## 여윈 시

벽의 몸은 눈꺼풀이 전부야

오래 서 있지 마
힘이 빠져
이동할 수 없고

룰은 계속 자라날 거야

잘리지 않으려면 위험을 각오해야 한대
균형은 아무도 사귀지 않는가봐

각설탕이 녹는 그림 알아? 트위터에서 봤어
달콤함은 '빠져나가는 감각'으로 이루어져 있대
누군가는 동의해주겠지 혼자의 긍정은 발견되지 않으니
너의 방에는 공중이 있고

너는 사람을 좋아하는데
그게 누구인지 모르고 앞으로도 모르겠지
손가락 사이에만 길이 있어서
계속 가야 해서

우리를 보는 눈이 감겨 있어서

그루프를 머리카락에 걸고 있어줘
그 모습이 좋으니까

찬성이 지도의 한 부분이라는 걸 알았어
불편함이 편리해졌어

너의 몸을 지나는 사람들을 가뒀을 때
도로에선 비워지는 소리가 났지

취하면 사라지는 불빛들을 아니
어떤 말들은 너의 사고가 되었어
이제는 둥글지도 않은 머리와 상관없이

우리가 알 수 없는 박자로
찾아오는 전기
언어에는 생리가 없어

너를 적은 문장이 수억 번 부서졌어 이제는 부서지지 않아도 되는 걸까 하지만 말이야, 부서져도 상관없어 아무것도 아닌 파편들이 너였다고 주장할 뿐
의미는 계속 자라날 거야

주기는 앞을 보지 않아

매년 생일 선물로 받은 그림들을 찢었어
한 번도 즐거운 적 없는 눈빛들이 바람에 날렸어 하늘은 돌지만, 너는 그 날씨를 기다리기로 했지

언제라도

너의 선은 유효숫자를 읽어왔어
단단함은 불변에 동의한 적이 없어

사라진 후에도 너를 좋아할 거야

## 선물

나는 한자리에 있었다 두번째 자리로 달리려 했다 나의 다음은 가까웠다 별로 가지도 않았는데 부딪혔다 이렇게 흔들리는군, 다른 수확은 없었다

이마에 작은 조명을 달고 사이를 가늠했다 별을 쬐지 않아도 밝았다 하지만 내 몸안에는 피가 흘렀고 아마 어두울 것이다 나의 이들은 긴밀하였다 서로 멀어지면 죽을 테니 지속하여 어두울 수밖에 없다

난 당신에게 가고 싶어, 당신에게 세게 부딪혀도 괜찮은가?

몸 하나 밝힐 만한 빛으로 물었다 대답을 잘 들을 수 있는 상태는 아니었다 누구의 몸이든 웃음을 터뜨리진 않는다 하지만 어둠 속에서 당신의 몸은 남몰래 웃을지도 모른다 그걸 내가 듣는다면,

만지고 싶을 것이다 잠깐 나와 하나로 보여도 괜찮은가, 당신, 난 반응을 원하며 멈춰 섰다 빛이 나누어지지 않아 정적에서 처음을 발견하진 못했다 지루하였다 당신이 지루한 것은 결코 아니야

당신은 가지런한 모양을 하고 있구나

나는 지속하여 달리고 싶을 텐데
몸안의 어둠은 일부 악의인 모양이다
나머지는 전부 시간이었다

다음이 되는 사람은 언제나 아주 가까운 곳에 있었다 부딪혔다 자꾸만 그랬다 슬픈 일들이 내 등뒤로 결코 달리지 않았다 나는 알았다 처음 당신에게 가려 하였을 때 왜 달리고 싶었는지, 기쁨이 되고 싶기 때문이었다

## 타임

마치 처음으로 믿게 되듯이 그것이 무얼 의미하든 난 더 이상 말하고 싶지 않은데, 전화기를 바꿔 든 사람이 내게 고함을 치네 나는 그의 곁에 무심하게 서 있는 사람만큼 작은 까마귀의 소리를 들어 다시는 그의 곁을 떠나고 싶지 않아 난 알아 그는 똑똑하고 다른 사람들이 필요 없어 그는 우리에게 흥미가 없을 뿐, 단지 흥미만을 내게 가지고 있을 뿐

길에서 흔들거리는 포니테일이 어느 머리에 꽂혔는지 보고 싶지 않아 카페 창문에서 목을 빼고 있는 건 그냥 여자들은 블라우스를 입고 회사에 가고 남자들은 와이셔츠를 입고 회사에 간다고 지저귀는 가수들이잖아 그들은 누군가의 사랑하는 사람이야 그게 권력이라고 엄마가 가르쳐줬어 내가 미국 소설에서 본 궐련이라는 단어와 비슷하게 발음하면 되고, 연기가 나고 있지 멈출 생각을 안 해

당신은 날 걱정하고 있다고 말했지 그치만 난 날 걱정 안 해 괴로운 건 괴롭다고 해야 해 위해주는 건 쉬운 게 아냐 그건 불안감이 오히려 몸집을 불려야만 가능해 그리고 말라가는 웅덩이에 뭐가 필요한지 정확하게 알아야 해 언제나 똑같은 게 필요한 웅덩이는 한 개도 없고 당신이 비치지 않는 탁한 물을 누구나 물병 안에 가지고 있어 그건 주머니에 넣을 수 있는 종류의 것이 아니잖아 특별한 일이 아니라고 어디든 고일 수 있는데 왜 꼭 그걸 들여다보고 당신 코 옆에

난 점을 긁어대고 싶어하는 거야? 난 기다리기로 했어 머리가 너무 아파 그냥, 그냥 그래

난 수화기에 매달린 돼지꼬리가 사실은 여러 개의 작은 동그라미고, 가늘고 긴 원통형 자루고, 따라서 그 안을 지나는 목소리가 영원히 있다는 것을 이해하고 싶어 길고 무의미한 사과에 따르면, 조금만 참을성을 길렀을 때쯤 동전이 우수수 떨어질지도 모르지! 충분히 가능하다고 나 역시도 생각하고 있어 그런데 난 아직 잘못하진 않았잖아 당신도 알다시피 나는, 내 잘못을 종이에 적는다면 그 단어가 무엇인지 전혀 몰라 당신은 충분히 애썼어 수없이 가르쳐줬어 그래도 난 아직 하지 않은 일에 대해서는 알지 못해 그게 잘못이야? 만일 그렇다면 누군가 값비싼 유리 수조를 사서 공들여 닦았다고 하더라도 지체 없이 그것을 깨트리라고 일러줬어야 했어 어떻게 했지, 날 그 너머에 세워뒀잖아 거기에 가만히 서서 벨소리를 기다리거나 주변이 뻥 뚫려 있는데도 수조 반대편에 뭐가 있는지 대답하라고 했어 시력 검사를 하는 평온하고 집요한 음성처럼 난 보이는 걸 보인다고 말했을 때 그게 당신의 순가락 밑에 뭐라고 적히는지 알고 싶지 않아 내가 원하는 책을 펼쳤을 때 말고는 아무것도 읽고 싶지 않기 때문이야 알잖아 난 때때로 책을 읽어 매일 당신이 썼다고 주장하지만 그게 카펫 위에 있을 때에도 절대 밟아 죽이지 못하는 이로운 지렁이 같은 문장들을 읽는다고 우리

가 같이 식탁에 둘러앉으면 당신은 내 손가락이 숟가락이랑 똑같다고 이야기하잖아 매우 훌륭한 시라도 된다는 듯이 근데 그건 은색이고, 딱딱하고 나는 밥을 먹기 싫어도 잠시만 앉아 있으면 아침이라고 부르는 그 시간을, 예의라고 부르는 그것을 존중하고 싶은 것뿐이야

힘들어 그리고 골반과 허벅지 부근이 아파 거기에 힘줄이 있을까, 난 구체적으로 힘들 필요가 있어 그러지 않으면 텔레비전에서 귓속말을 보거나 라디오에서만 춤을 추게 될 거야 난 그게 멋있다고 생각하지만 그 순간에 내가 직접 고른 좋아하는 양말을 신을 수 없다는 사실을 알고 있지 당신은 연예인들이 비공개 결혼식을 했을 때 말고는 박수를 치지 않잖아 난 공원 산책을 하고 있는 개들의 하객이 되어 딴청을 피우고 싶어 쳐다보진 않을 거야 1초만 축하하는 마음을 가진다면 누구나 그게 레이스이고 매 순간 레일을 포장할 인부를 모집하고 있다는 걸 알 텐데! 그리고 터널 밑에는 손가락으로 피스 표시를 한 사람들이 검지손가락을 귀밑에 가져다대고 있어 얻을 수 있는 건 오래전에 판매가 금지된 멀미약 정도의 효과뿐인데도 그들의 눈빛이 두렵냐고? 아니 단지 내 구두 밑창에 그들의 체모나 손톱이 매달려 있을 것 같아서 그래 난 정말 흉측한 오리가 되고 말 거야 내가 직전에 밟은 징검다리에 이목구비가 있는지 어미고양이로 밑을 닦았는지 되짚어야 한다고 난 절대 모를 거야 당신이 물

건을 너무 많이 내 방에 넣어뒀잖아 그럴 필요 없다고 한 백 번은 말했을 거야 난 내가 뭘 집는지도 몰라

자꾸 아크릴판을 여러 개 겹쳐 들거나 분수대에 맞서거나 팔을 있는 대로 붙잡거나 하라고 하는데, 당신이 말하는 무지개는 한 자루의 크레파스를 갖고도 얼마든지 만들어낼 수 있어 아무것도 칠하지 않고도 말이야 그거 하나로는 하룻밤도 지샐 수 없어 덮고 잘 수가 없으니까 나 말고도 아무도, 한 사람도 덮을 수가 없다고 난 따뜻해지고 싶어 물속에 물을 부어준다고 약속한 새들이 하늘에 몰려 있어 그들은 이제 싫어서 날기 시작했지 신념과 미련처럼 외로워서 떼어놓은 한 쌍을 싫어하고, 불나방을 불나방이라고 부르는 뻔뻔함을 싫어하고, 입모양만 틀어주는 화면을 한 손으로 계속 두드리는 소리를 싫어해 난 알고 싶은 게 없어 오믈렛을 만들다 실패하면 아, 하지 욕은 안 해 욕을 한다면 애초에 아침 오믈렛 같은 건 안 만들겠지 그건 장난감을 치우지 않는 세 살배기 아이들이 가장 잘 알고 무엇보다 중요한데, 당신은 큰 소리로 바구니 행진곡을 부르느라 집중하지 않을 테니까 지금 말하자면 조명은 언제나 돈을 벌기 위해서만 켜졌어 별이 떨어져도 당신을 못 죽이듯이, 스트레칭을 할 때는 조심해야 한다는 걸 요가 클래스의 할머니들이 엄숙하게 선언할 때

난 모든 종류의 과일이 모든 과일의 종류여야 한다고 생각해 그것만 생각하면 도저히 잠을 못 자겠어 내가 사전을 펼치면 그 안에서 수면이 나와 내 방과 위층, 아래층 타인의 방에 수평선을 숨길 거야 당신은 첨벙거리지 말라고 하겠지 그리고 물방울을 통해 무슨 말이든 나누고 싶어하겠지 금방 터질 게 뻔한데도 왜 자꾸 오른쪽 눈과 왼쪽 눈을 번갈아 비춰보는 거야? 심해가 지면을 무거워하고 있어 당신은 손에 몸을 가두려 하지만 몸은 어디든 당신을 묻히기만 하지 의구심이 가득찬 눈으로 보지 마 겨냥하고 싶다면 겨냥하라고 한 번도 쏜 적 없는 것들을 자꾸 용서하려고 하지 마 그들은 그게 필요 없어 알잖아, 알잖아

난 그저 수화기를 놓았을 뿐인데 왜 내가 당신의 손목을 뿌리친 것처럼 굴지? 한 번도 내밀어본 적 없는 그 손목들에 무언가 세차게 서 있어 당신의 말에 따르자면 운명이거나, 운세이거나, 힘줄이거나, 함정이겠지 직접 들여다봐, 당신은 다성적으로 힘낼 필요가 있어? 왜 그러는 거야? 뭘 기다리는 거야? 당신은 이미 여기에 와 있고, 까마귀는 영원히 그 옆에 서 있는데, 모두가 각자의 까마귀를 가지고 있는데, 당신은 나에게 왜 자꾸 당신을 기다려달라고 말하는 거야?

## 손가락을 접자 손가락이 없어졌다

붉어진 눈 속에는 친구들이 앉아 있었다. 일렬로 앉거나 앞뒤로 끌어안아
군중도 사람도 아닌 스파게티, 볶음밥 같은 모습으로
입을 다물고 있었다. 나는 뭔가를 물고 있었다. 연필심이 나의 관자놀이를 통과해
친구들의 어깨와 얼굴에 검은 분을 몰아넣었다.
아무도 눈을 감지 않아 허공의 온도가 높아지고 있었다.

여기 있었다. 수를 세었다. 그후를 잊었다. 뒤에 수 아닌 것을 놓았다. 이었다. *여기까지*. 나는 처음을 정했다.

인어의 투명한 머리카락이 발바닥을 간질이고 있었다. 그는 남자였는데 그게 뭔지 몰랐다. 나는 가르쳐줄 마음이 들지 않았다. 머리에는 어떠한 고유명사도 떠오르지 않았다.

좋아요.
우리가 실수하면
나는 두 개가 돼요.

그는 기뻐했다. 조금 시간이 지나자 슬퍼하는 듯했다. 달빛과 하얗거나 검은 그의 머리카락이 서로 어루만지며 인어를 잊어갔다. 봐요. 두 개가 돼요. 그와 나의 말처럼 모든 소리가 사소했다.

수면 안에는 왜 수면이 없는지 가르쳐줘요.

그는 나에게 인어에 대해 물었고 나는 고개를 끄덕였다. 이윽고 그는 고개를 흔들어 먼 머리카락에서 눈송이들을 환하게 털어내었다. 내가 기쁘도록. 그의 마음을 알았다.

당신은 쏟아도 쏟아지지 않는 숨으로 살고 있구나. 방울

방울, 나는 그에게 익숙할 법한 말을 하였다. 그는 놀라워했고 나를 사랑해주었다. 이것은 나의 기분좋은 말이다.

고마워요. 있을 수 있을 만큼 여기 있어요.
그리고 나는 멀리 갔다.

그는 나의 뒤에 놓여 남자에 대한 작고 차가운 정의를 하나씩 바다에 가라앉히고 있었다. 마치 생일처럼. 뱃속의 샴페인처럼. 나는 그가 영원하다고 말하려 했지만 사랑은 만개하지 않았다. 감히 무엇도 눈처럼 하얗게 사라지지 못했다. 흔한 일이었다.

## 사랑의 뉘앙스

십 년째 바카야로이드*를 듣던 친구에게 아기가 생겼다

아기는 마냥 모빌의 높이를 좋아해
나도 좋아
떨어져 부딪쳐도 잠깐 놀라울 뿐이고

걷어내면 무엇이 있니
흔들거나 돌아가면 세상은 어떤 반응을 보이니
아기는 웃는다

공중에서만 함께 노는 거야
안으면 사라지는 것으로
그리하여 허공의 접촉에 놀라워하리라
유년기는 몬데그린**의 숲이지

친구는 여전히 만화를 좋아하고 아기의 머리 위엔 아직 하늘이 없다

이제는 별에도 수많은 각주가 달려 있어
어떻게 오인해도 빛나니까

---

* 애니메이션 〈데스노트〉 마지막 화를 활용한 매드 무비의 통칭.
** 외국어를 모국어로 착각하여 듣는 현상.

사랑은 슬플 수밖에

또다른 구전 속에

불빛으로 가득한 얼굴이 있다
보고 싶지만 눈이 부시고
만지고 싶지만 손으로 가려진다
이곳에서 가려진다는 것은
다른 차원에 순간 사는 것이야

낯설어지기 싫다
친구는 말한다

새로워하지 마
우리는 말한다

어느 순간에는 모두
감당할 만한 그물 속에 살겠지
우리는 개인이고
아름다움은 반드시 편집되니까

잊어 마땅한 일은 없어
마땅한 어울림 같은 것도

어떤 것도 처음이 될 수 있다면
너와 너의 세계가 지속되길 바라

사랑의 뉘앙스로

다음 그림은 조금 천천히 그려져도 괜찮아

## 작은 포크 병

싱은 아주 작은 포크를 샀다. 필요 없는 물건을 사버린 죄로 그는 여생을 포크에 찍혀 살아가게 되었다. 알아챈 사람은 나밖에 없었다. 나라면 알 만했다. 조용히 동정하고 조용히 위협하며 그 누구도 내가 자길 안다는 사실을 깨닫지 못하게 만들었다.

우리는 '작은 포크 병'이라는 희귀한 피부 질환을 다룬 다큐멘터리를 보고 있었다. 등을 소파에 깊이 파묻고 패티처럼 두꺼운 담요를 덮은 채, 나는 지나가는 말로 "저거, 네 얘기잖아" 했지만 싱은 들은 척도 하지 않았다.

작은 포크는 싱의 눈동자에 박혀 있었다. 그게 싱을 아프게 하는 건 아니었다. 다만 그가 누구를 바라볼 때면 대상의 뺨 위에 빗금을 새겼다. 함께 살고 있는 나는 가장 많은 빗금의 소유주였다. 순간당 한 개의 빗금이라면, 싱을 만나 붉혔던 얼굴만큼 많았다.

"넌 그런 식으로 날 얻은 거야"

싱은 내게 어떤 대답이든 돌려주고 싶어했지만 의미를 몰라서 약간 웃었다. "얻었어?" 그는 날 껴안으며 물었다.

별수없는 일만이 계속해서 일어났다. 순간이 세어지지 않았기에 난 계속 행복하고 싶었다.

신문을 끊은 날, 나와 싱은 장을 보러 가다가 그 개를 발견했다.

온몸에 작은 포크가 박혀 있는 커다란 개.

"왜 이렇게 된 거지?" 싱이 물었다.

우리는 개를 키우게 되었다. 이름은 바로 짓지 못했다.

작은 포크는 생각보다 부드러웠다. 쓸어내리면 누웠다가 일어났고 나나 개나 싱을 다치게 하지도 않았다. 한자리에 꽂혀서 무언가를 기다리고 있을 뿐이었다. 작은 포크가 기다리는 건 무엇일까. 죽음? 식사 시간? 윙크?

"그게 무엇이든, 끝내는 포크를 집어들겠지"

개의 이름은 윙크가 되었다.

아직까지 나는 싱과 윙크와 함께 평화로운 삶을 영위하고 있다. 서울 외곽의 낡은 주택에서. 내 일상이 바다라면 모래에 해당하는 불안이 있었다. 그래서 나는 항상 행복해지고 싶었다. 나의 삶과 흡사한 편집본을 비디오 기계에 집어넣고 재생하고 싶었다.

나는 싱을 사랑했다. 얼마 지나지 않아 이 부드러운 개도 싱만큼 사랑하게 되었다. 나는 많은 빗금을 소유했고 그것들이 나를 온통 덮고 가려서 결국 사라지게 만들 때까지 살았다. 오랫동안 나를 불안하게 했던 아무도 바라보지 않는 빈 접시 같은 건 없었다. 이후의 일은 적을 필요가 없으므로 이 문장을 마지막으로 하고 싶다.

# 편지화

손톱이 초승달 같아
사랑해도 돼?

맑은 날이야 이렇게 맑은 날이 없었어 우리가 같이 있으면 언제나 촛불이 꺼지는 걸 보았으니까 투명한 등불 속에서도 서로의 눈빛을 답습해야 했거든

사람으로서 말하자면 나는 오래전 서리당해 창고에 박혀 있다
이렇듯 너를 사랑하나 효력이 없는 문장이야

우리의 세계에선 비를 맞는 것들만 소리를 내지 비는 조용해 모래사장에서 발과 발이 서로 멀어지는 동안 무엇을 할 수 있을까 너무 오랫동안 하늘을 본 사람에게 나는 내리고 싶어 누구도 기르지 않았던 차가운 꽃으로 그의 이마를 쓸어내리며

풍경의 서사를 아니
얘기할 수 있는 것들은 모두 들에 버려져 있어

날짜가 지난 달이 떠 있다
하고 싶은 말 있는 듯이
어디서든 볼 수 있는 사람처럼

약속은 나무 위에서 우리를 들여다보다 한 번도 내려오지 않고 날아가버리지

**우산이 있는 소품**

*1*, 2  투명 우산
**3**  우산 없음

눈을 맞는 *1*, **3**
눈을 맞지 않는 2, 우비를 입은 사람들

*왜 그런 일을 하는지 모르겠다. 아무리 생각해도 모르겠다.*
알 필요가 없나.
*알 리가 없나보다.*
눈이 올 리 없지만
**눈이 온다.**

(엄청난 눈)

머리 위에 손차양을 만든 **3**이 걷고 있다. 목적지는 없다. 그저 눈을 피하려는 것이다. 뒤로 가는 무빙워크처럼 우산을 쓴 2, *1*이 **3**에게로 온다. *1*이 **3**에게 우산을 씌워준다.

누구야?
*눈을 많이 맞은 사람.*
**그쪽은 누군데요?**
*친절한 사람.*

걷는다. 눈길은 미끄러우므로 바닥을 조심해야 한다. 눈을 맞으며 뛰어온 사람은 특히 그렇다. **3**은 *1*의 팔을 잡고 의지한다. 두 사람은 바깥쪽 어깨에 눈을 맞지 않을 만큼 밀착해도 좋다.

**안색이 안 좋아. 무슨 일 있어?**

*내 표정은 원래 이래.*

**어디로 가는 길이야? 끌려가는 것 같아.**

*나는 항상 그래.*

**저 사람은 누군데?**

*1*은 우산을 비스듬히 기울여 두 얼굴을 가린다. 앞서 가던 2가 돌아보지만, 우산 속에서 *1*은 **3**에게 귓속말로 비밀*을 말해준다. 우비를 쓴 사람들은 비밀을 들을 수도 있다. *쉿!* 우산을 도로 세운다.

*나는 언제나 너와 함께 있었어. 그런데 날 돌아볼 때 넌 어쩌면 그렇게 차갑니?*

잘 안 보여서.

*보고 싶어?*

---

* 사람이 아니야

놀리는 거야?

*지난주에는 영화를 봤잖아. 이후로 너랑 더 가까워진 것 같았는데.*

영화는 그런 착각을 줘. 그러니까 처음 만나는 사람들이 영화를 보러 가겠지.

*하지만 보석상이 보석 가게를 털었을 때 팔꿈치가 부딪혔어. 의식하지 못하는 사이에 가까이 앉아 있었어.*

**나도 봤어. 보석상이 나오는 영화.**

언제?

**수요일 두시에. 이 극장에서.**

*나도 여기 있었어.*

**진짜?**

*내가 보석상이었다면 보석 가게를 그만두기 위해 보석을 훔치지는 않았을 거야.*

**나라면 더 많이 훔쳤어. 거기 나온 자루보다 더 큰 자루를 가져와서, 유리관 안에 있는 것들도 다 훔쳤어.**

*너는?*

보석을 가게 바깥에다 쓸어내고, 가게를 가졌을 거야. 거기서 담배라도 팔면 되지.

*보석을 쓸어다…… 어떻게 할 건데?*

**버릴 거야?**

너 같으면 버리겠니?

**밖으로 꺼낼 거야? 빈 유리관도?**

*유리관에 담배를 장식해두긴 좀 그렇잖아.*

좀 그렇잖아 같은 말이 난 싫어.

*그럼 어떻게 말해야 좋아?*

그냥, 조용히 해.

빈 유리관에는 내가 들어가 누울 거야.

**뭐가 됐든 큰 자루가 필요하겠네.**

내가 든 유리관도 그 자루에 넣을 거니?

**안 넣을게.**

나만 두고 다 쓸어내겠구나.

**왜 슬프게 말해?**

아무것도 아니니까.

**너도 그때 극장에 있었니?**

아니.

*나와 부딪힌 건*

**나였을지도 몰라.**

*대체 어디 있었어?*

극장 밖에서 네가 나오기를 기다리고 있었지. 영화가 끝나고, 엔딩크레디트가 천장까지 올라가고, 영화에 나온 사람이라면 한 명도 빠짐없이 죽기만 기다리고 있었어.

2는 우산을 접고 *1*, **3**을 향해 돌아선다.

내가 눈을 맞고 있더라도 넌 나한테 우산을 씌워주진 않았을 거야.

*그게 우산이 아니라 검이었다면 날 해칠 거니?*

**3**은 *1*의 우산 밖으로 나간다. 양손으로 눈을 막으며.

**나는 여기 안 있어도 괜찮아. 눈은 손으로 막아도 되고.**

**3**은 손을 내린다.

**그냥 맞아도 괜찮아. 이제까지 그런 적이 없어서 당황한 것뿐이야. 이젠 괜찮아.**

*1*은 자신의 우산을 **3**에게 내주고
한 걸음 눈으로 나간다.

*난 몰랐어. 극장에 들어와도 넌 좌석에 앉지 않으니까. 그래서 계속 같이 있다고 생각했어. 아니라고 말해줬다면 밖으로 나갔을 거야. 보석을 훔치든지 말든지.*
*네가 영화 속 사람들이 죽기만 기다리기 전에.*
넌 너무 많이 모르고, 몰라도 당황할 이유가 없지.
*가끔 넌 내가 너만 두고 나가주길 원하는 것 같아.*
넌 언제나 내가 빈 유리관 속에 있다고 믿는 것 같아.
*난 아무것도 훔치지 않았어.*

보석을 훔치던 보석상은 어떤 표정이었지?

**그 장면은 안 나와. 영화에 나오는 사람들이 그렇게 말한 것뿐이야.**

죽어 마땅하네.

2는 *1*을 지나친다.

**3**에게 가서 귓속말로 비밀*을 말한다.

우비를 입은 가까운 사람에게도.

이곳에서 그 말은 반은 비밀이고, 반은 아니다.

*눈이 너무 많이 와. 계속 있다간 큰일나겠어.*

**큰일이 나면?**

*파묻힐지도 몰라.*

이불을 덮을지도 몰라.

2는 우산을 **3**에게 건네준다.

비밀을 아는 이들에게 말을 걸기 시작한다.

같이 가지 않을래?

**위험할지도 몰라.**

*따라갈 거니?*

---

* 나는 혼자야

눈이 올 리가 없잖아.

**말려야 할까?**

*나랑 가는 게 좋을걸.*

처음부터 함께 갈 생각이 없었던 거야.

**정말 위험할까?**

눈에 파묻히는 사람이라면

*무섭기도 하고 사랑하기도 해.*

**이불을 덮어야 안전할 텐데.**

눈에 파묻히는 사람이라면

*어디든 갈 수 있을까?*

**아무도 우리를 훔칠 순 없어.**

2와 *1*이 걷는 길을 재고하고 있다.

따라서 *1*은 눈 속에 멈춰 있다.

우비를 입은 사람들이 어디 있는지는 잘 모르겠다.

**3**은 2와 함께 서 있다.

*엄청난 눈이 내립니다. 하늘이 눈발로 가득해 버티다보니 눈이 하나도 없는 것 같습니다. 그 틈을 타 보석상은 엄청난 보석들을 훔쳐 갑니다. 얼굴에 눈을 맞다 얼굴을 잃으며. 손에 눈을 맞다 손을 잃으며. "내 가게의 보석을 나는 훔친다. 매일 본 보석이라 훔치기가 쉽지 않다. 내 것이라고도, 아니라고도 할 수 없는 반짝임을 가두며 살아왔구나. 그때는 눈*

*도 내리지 않았다. 모든 일이 훔치지 않고는 쉽지 않았다.*" —
*그는 말했습니다.*

**3**과 2는 우산으로 빈 유리관을 만들어 *1*을 가둔다.
혼자 남은 *1*은 조금 기다리다가
담배를 피운다.

## 요새*

모든 농담에 조롱이 깃들어 있기에 그는 더이상 웃지 않았다

크게 웃음을 터뜨릴 때마다 무표정한 눈과 마주쳤다

그는 추측을 거절하는 복잡한 꿈을 꾸었다 어렵게 내게 말해준 날, 밤을 꺼내놓아도 추측을 멈출 수 없음을 알게 되었다

빛을 견디는 일은
여유로워 보였다
다른 말은 할 수 없다
웃게 하고 싶었던
사람들이 그에게 던진 것
곧게 쌓여 날 받쳤다
이를 지지 삼아
그 눈을 마주하곤 했다

봄이 녹슬게 하지 않은 정원이었다 그는 흔들의자에 앉았다 누군가 선천적으로 흰 그의 머리카락을 휙 잡아당기며 외쳤다 할머니! 그는 양손을 웃어버린 입술 위에 얹고 나를

* 전시 〈낯섦의 몸〉으로부터, 기획 조혜수, 2020.

보며 말했다 졌다 져버렸다 두 번이나 말했다

잎이 없는 나무가 띄엄띄엄 사람을 둘러쌌다 그는 그 안에서 입을 가린 채 흔들거리고 있었다
울타리보다 관망이었다

그를 떠나
농담은 농담 바깥의 원인으로만
아름다워질 수 있다는 걸
난 알았고

웃음을 참을 때마다
볼 수밖에 없었던, 사람의 얼굴들 저편에 물이 차오르는 걸 느꼈다

## 선과

당신은 샤워의 역사를 안다

물을 물에 비춰보고
새롭지 않은 것을 믿는다

가만히 있는 몸을
어딘가에 던지는 대신

천장이 보이는 공간에서
목이 쉬도록
맑은 하늘을 노래한다

당신은 지루해도
미간을 찌푸리거나 하지 않는다

한 쌍의 눈만 있을 때
표정은 무의미해지므로

질문을 떠올린다
당신은 멋진 얼룩을 가졌습니까

혹은
캘리포니아에서 어디로 가십니까

먼 곳까지 인도하는 물소리
수증기의 슬픈 냄새

불빛 환한 장소를 고른다
가본 적 없는 것처럼 신중하게

어제 있던 곳을 떠나
이내 여기에 왔다고

당신은 이제
흐려진 만큼 다다랐다

세계의 가장자리에
조용한 몸으로 있는 것

당신은 과일의 일을 취미로 삼는 사람이다

## 소다수의 삶

레몬진저가 아스팔트에 하얗게 말라붙은 후, 소다수는 금요일을 잃어버렸다 다른 사람들이 금요일이 불탄다고 말할 때 소다수의 머리와 마음이 불탔으며

어느 순간에는 탄다고 말할 수 있을 만큼의 인지 능력조차 남아 있지 않았다

소다수는 상아색 머리카락을 가지런하게 빗고 흰 컬러 스틱을 눈썹과 입술에 발랐다 그리고 레몬진저와 함께 살던 햄스터에게 줄 조그만 샌드위치를 만들었다 레몬진저가 좋아하던 금요일은 하얗고 파랗고 시원했고 이제 소다수는 목요일 다음에 곧바로 토요일을 살고 있었다 목요일과 토요일이 이렇게 이질적인 연결음을 내는구나, 소다수는 감탄했다 레몬진저의 햄스터가 에피타이저로 해바라기씨를 먹는 동안 소다수는 그렇게 가만히 레몬진저의 부재에서 비롯된 최소한의 것들을 감각하고 있었다

—다른 것보다 레몬진저가 아직도 그 아스팔트에 말라붙어 있다는 사실이 가장 힘들다 지나가는 사람들이 그를 내려다보겠지 레몬진저는 그런 일을 당할 이유가 없는 선량하고 아름다운 사람이었다 아니, 사랑이었지 내 사랑, 내가 있는 이곳에서 아스팔트에 말라붙은 사랑을 그대로 방치하고 또다시 사랑이 그런 모습이 될 수 있는데도 불구하고 이 심각한 문제들을 해결하지 않는다면 나는 영원히 레몬진저

특유의 하얗고 파란, 행복한 금요일을 되찾지 못할 거야 아니, 그건 상관없어

—할 수 있는 일이 없다 레몬진저의 햄스터에게 샌드위치를 만들어주는 것이 내가 할 수 있는 최선의 일인데, 아스팔트에 붙은 레몬진저를 보며 웃고 있을 수많은 사람들은 나의 이런 모습을 얼마나 큰 기만이라고 생각할까? 정신이 온전치 못하다며 나의 모든 권리를 부정하고 의심하지는 않을까? 내가 무슨 일을 해야 할까? 레몬진저를 위해서, 그리고 나를 위해서, 이러다가는 부양할 능력이 부족하다는 이유로 레몬진저의 햄스터까지 빼앗길지도 모른다 나는 작은 알갱이로 이루어져 계속 터지다 이내 잠잠해지고 마는 삶을 살아갈지도 모른다 가장 낮고 비참한 하수구에 뿌려지고, 오수에 뒤섞여 구분할 수 없게 되어도 아무런 고통을 느끼지 못할 것이다 자신이 없는 소다수의 삶을 레몬진저가 조금이라도 기뻐하게 하려면 어떻게 하는 편이 좋을까, 나의 고민은 온통 거기에 가 있다 내게 힌트를 주지 않겠는가? 뭐든지 하겠다

—삶은 너무 많은 부재로 덮여 있고 사람들은 그 빈 공간을 조롱으로 채워넣으려 한다 자본주의는 결핍을 그대로 놔두는 것에 대한 비난을 멈추지 않기 때문이다 자신을 압도하고 있는 거대한 비난에 조롱으로 대응하는 것은 우리가

처음부터 알고 있는 *비참해지지 않을 수 있는, 큰 노력이 필요 없는, 일시적인 대처법* 안에 들어가 있다 그나저나 레몬진저, 내 삶에 주어졌을 약 이백오십 개 정도의 금요일을 네가 살고 있다면 얼마나 좋을까 금요일에서 금요일로 이어지는 연결음은 하얗고 파랗고 너처럼 선명하겠지

—햄스터에게 샌드위치를 줘야겠다 그치만 그 녀석은 지금 볼이 탱탱해져서

—몹시도 바빠 보인다

—아득한 기다림이 내게 남아 있다

## 레몬진저의 새로운 삶

레몬진저는 아스팔트에서 새끼손가락을 떼어낸 후 가위눌림에서 풀려날 때처럼 균열을 만들어냈다 손끝에서 시작되어 다른 끝을 찾아 맹렬히 가는 줄기들이 있었다 그것은 순식간에 겨드랑이까지 자랐다 레몬진저는 한쪽 팔을 움직여 우둘투둘한 아스팔트의 흠집과 거의 하나가 된 정수리를 박박 긁어서, 자신의 작은 머리통을 뜯어냈다 목을 수직으로 꺾은 뒤 차원을 달리하는 그림처럼 허공을 부수는 소리를 내며 바닥과 분리되었다 그는 투명한 모습으로 서서 사람들이 다 가버린 시내를 쳐다봤다 차도에는 차가 없었고 인도에는 사람이 없었다 불빛들이 있었다 레몬진저는 말했다

—소다수를 만나러 가야겠어

## 사람행

초록의 불빛을 가까이서 들여다보는 사람은 없어. 노래와 다르게 불빛은 우리를 옮기니까. 너는 고층 아파트에 살아. 창문을 열면 네게 쏟아지는 축복은 추수한 벼들처럼 별을 잃고 누운 밤들뿐이지. 실내에서 너는 두 사람의 입김이 목걸이처럼 둥글게 엮이는 것을 감지했었어. 시간에는 언제나 감정의 이름이 붙고 너는 오래전 보았던 눈동자 같은 하늘에 매달려 언제까지고 찰랑거리네. 슬프니 하고 물으면 흘러가 보이지 않는다고 대답하지. 추워지면 없어지고 얼 즈음 다시 생겨나. 새벽의 신호에 눈을 뜨는 순간부터 지상에 고르게 녹아내려 띠를 이루는 기차들. 사랑은 세상에서 오직 깜박임만이 영원하다고 말한 친구와 너 사이에 생긴 거대한 건널목이지.

떨어지면 유성우처럼 크게 순간을 터뜨리고 싶어. 빛은 한 번도 날아간 적이 없지만 가장 먼 곳까지 이어져가니까. 생명의 불빛을 볼 수 있는 사람이 있다면 전망대에 올라 아래를 내려다보았을 때 전시의 모스부호처럼 긴박하게 지속되는 반짝임을 볼 수 있을 거야. 너는 불빛의 숲과 따뜻하고 깊어 보이는 벙커 속으로 사라질 수도 있었지. 유일한 기도가 되어버린 브라운관 속의 무수한 공으로 던져질 수도 있었지. 어떤 기도도 떠밀려선 안 되는 바다에서 힘을 다해 노를 젓고 있네. 네가 나아갈수록 기포가 되어 터지는 소원을 보게 돼. 하늘의 파일럿이 붉게 뿌려지는 저녁이면 넌 사람이 아닌 다른 사물로서 시간을 바라보곤 하지. 소멸하기 위해 고요한 용광로로 나아가는 길은 언제나 원을 그리고.

숨들의 행렬에 계속해서 쓸려가고 있는 사람들 모양. 숨은 언제나 다른 숨보다 위대하지 않아. 높이가 다른 지상에서 자꾸 마주보려고 하는 사랑의 얼굴을 쓰다듬으며 흐르는 길과 출몰하는 빛들을 기다리네. 너는 오늘 한쪽 귀로 들은 밀어를 되풀이해 꺼내며 반절씩 새로워졌지. 남아 있는 너의 몸들이 과거를 기다리며 양손을 맞잡고 있어. 아름다운 균형으로만 셀 수 있는 별들을 정수리에 이고. 선루프를 열면 기다렸다는 듯이 손을 내미는 렌즈의 투명함을 알고 있니. 대기권의 층마다 여러 겹의 온도로 너를 그리워하는 창들을 만져봐. 우주에는 언제나 너 혼자 있었어. 큰 손으로 창을 열고 눈을 맞추면 낮과 밤이 짚으로 이루어진 침대처럼 촘촘히 누워 있는 모습을 볼 수 있었어.

너는 얼음이나 피부처럼 조용히 무언가에 반응하며 지내보았지. 침묵 속에 너의 촉각은 생태계를 이뤘어. 너는 초점이 나간 사진들을 모아 책을 만들었지. 덮고 나서야 화자와 눈을 마주칠 수 있는 책. 네가 빌었던 크고 작은 것들이 과일로 열리는 나라에서 달콤함은 너를 바구니 속에 넣고 자꾸만 흔들었어. 하나씩 사라지고 나면 텅 빈 곳에서 목소릴 내지. 이제 너는 바닥에 가장 가까운 공중에서 살고 있어. 유리 천장으로 된 바닥을 밟으면 어떤 소리도 나지 않고 세계는 모래시계처럼 자주 뒤집어지네. 너는 친구를 기다리고 친구는 언제나 너를 향해 쏟아져버린다. 그리운 마음으로 바닥을 바라볼 줄 알게 되었지. 시선으로 만든 차들이 도로를 달리고 너는 그림을 주고 숫자를 사며 어딘가를 지나쳐 가네. 수의 신호만이 종종 너를 멈춰 서게 만들 뿐.

흐름은 관측되며 속도를 잃고 페이지에서 멎어갔어. 여전히 너는 스위치가 없으면 밝아지지 않는 방에서 살고 사람들은 모두 발신지를 찾는 여행을 그만두었지. 불빛의 끝에서 우리를 기다리는 온정溫情을 믿기 위해. 이제 안으로 난 문을 열면 너와 숨을 나눴던 사람의 몸을 만날 수 있어. 그곳에서 너는 너를 기다리고 있던 사람의 과거가 되고. 세계는 온 곳에서부터 똑같이 뒤집히네. 차츰 반짝임을 읽는 일을 멈추며. 빛의 중간에서 끝을 발굴하며. 흐려지는 원을 모두 밤의 안주머니에 넣으며. 천천히.

## 언니의 밤

어제는 해가 뜨지 않았다
네 소원이 이루어졌다고 언니가 말했다
기쁘지는 않았다
내 소원은 항상 차선책이었다

우리는 이 신기한 일에 대하여 일기를 쓴다

나는 문장을 쓰고 언니는 그것을 소리내지 않고 읽는다 말하면 사라지는 문장을 우리는 알고 있다

오늘은 힘든 일이 많았고
여전히
물과 잠은 달다

사랑하는 사람들로부터
나는 안전하다

배고파, 추워 같은 말을 무심코 하기는 싫어
사랑해, 좋아 같은 말은
죽어도 입에 안 익지
우리도 안다
매일매일은 사랑할 수 없지

눈을 뜨면 더이상 눈뜨지 않아도 된다
부리 없는 새처럼 언니가 조용히 말한다

밤을 보내고 나면
많은 것을 잊어버리지만
내가 밤이 되면
밤에 일어나는 일들을 소유할 수 있어

새는 새의 영역에서 죽거나 살지
검은 눈꺼풀을 바라보며 나는 쓴다

몸에 일어나는 보풀을 만져본 적이 있다
전혀 부드럽지도 않고
질 나쁜 카펫 같았다
슬픈 감각을 학습할 때
만져보면 좋겠어

나는 두번째
언니는 나의 두번째

우리는 위험한 처음으로부터 안전하다

우리는 소원 살해의 피의자다

어느 쪽도 범인이 되지는 않는다
언니에게 보내고 싶은 사랑은
어젯밤의 사랑이고
언니를 미워하지 않으려는 마음은
비밀이 된 밤

사랑하는 사람을 다시 한번
사랑하는 일에 대하여

우리는 그렇게 해야만 하지만
어느 쪽도 방법을 모른다

해가 뜨지 않는 세상에서
우리는 흰색과 검은색을 모두 공간이라고 불렀다
우리는 어디든지 있을 수 있었다
그리고 언니는 언니가 되지 않아도 괜찮았다

## 블러핑

독 약을 먹었습니다. 목을 조르기 전에 입안을 들여다보세요. 거기에 눈이 들어 있습니다. 눈으로 보세요.

침대를 입었습니다. 걸어다녀요. 표정은 베개입니다.

나를 원하는 사람을 만났습니다. 앞으로는 나를 만날 때마다 사랑한다고 뺑을 쳐주겠다고 합니다.

사귀어주세요.

벚꽃은 문란한 꽃이라고

화투 좋아하는 할아버지가 그랬습니다. 내 앞에서 연거푸 재채기를 했습니다.

나는 빨래를 했습니다. 오랫동안.

펜을 가졌습니다. 펜을 버렸습니다. 펜이 쫓아오는 꿈을 꾸었습니다. 펜으로부터 구해달라고 했습니다 문장.

할아버지가 다시 수박은 야한 과일이라고 주장하기 시작합니다.

나는 손톱에 단풍물 들이고 놀러갔다가 운명을 만납니다.

운명합니다.

구두를 신으면 왜 모두가 불쾌할까요.

나는 어쩌다가 구두끈을 묶으면 밤새 발냄새를 맡는 사람이 되었습니까.

지독한 밤입니다.

우리는 버려진 학교에서 모였습니다. 앞다투어 얘기를 나눴습니다.

아무런 공통점이 없는 우리가 언제나 우리인 이유는 무엇일까요. 이 의문이 풀리지 않습니다.

어떻게 하면 우리가 우리가 아니게 되겠습니까.

이렇게 살다가는 죽지 않겠습니다. 어떻게 하면 죽지 않고 말겠습니까.

사를 셉니다. 하나에 도망가고 다섯에 찾습니다. 나는 사입니다.

## 아니스타와 아니불빛

아니스타와 아니불빛은 땅콩을 먹으며 텔레비전을 보고 있었다. 그들은 음악방송 말고는 보지 않았다. 무대와 무대 사이에 잠깐 있는 토크조차도 보고 싶지 않았다. 음악방송은 텔레비전의 화질을 테스트할 수 있는 가장 좋은 샘플이었다. 화질이 나쁘면 춤은 모자이크로 깨졌다.

음악방송에는 인디밴드 특집이 나왔다. 마치 시위를 하는 듯한 분위기의 노래였다. 어쩌다보니 그들은 흰 가면 얼굴을 한 남자의 성기를 보았다.

—저거, 성기인데?

아니스타가 말했다.

—그래, 그런 것 같아.

아니불빛이 말했다.

그리고 별다른 일이 일어나지 않았다. 흰 남자는 펄쩍펄쩍 뛰었고, 카메라는 오락가락하다 다시 평소대로 돌아왔다. 아니스타와 아니불빛은 다시 땅콩을 까먹었다. 두 사람은 큰 충격을 받지는 않았다.

—우리는 뉴스를 검색해보지 말자.

—뉴스가 그 일을 모르면 알려줘야 하지 않을까?

아니불빛은 땅콩 껍질을 쓰레기통에 털고 장난감 빗으로 머리를 빗었다.

—뉴스는 누가 알려주는 일에는 관심이 없어.

아니스타는 고개를 끄덕였다.

—하긴, 지금부터는 어차피 모자이크의 시간이야.

아니스타와 아니불빛은 번갈아가며 장난감 빗을 사용한 뒤 텔레비전을 꺼버렸다. 성능이 좋은 텔레비전인데도 꺼질 때는 탁, 하고 전파가 튀는 듯한 소리가 났다.

## 사랑하지 않으면 사랑이 된다

벤치에 앉은 사랑은 팔다리를 축 늘어뜨리고 있었고

사람들은 그를 신경쓰지 않았다 간혹 바라보는 사람이 있는가 하면 혐오하는 사람도 있었다 조명하지 않아 어두운 인도人道였다

나는 오른쪽 가슴을 움켜쥐고 여기에는 왜 아무것도 뛰지 않는가,

통증만이 오롯한가, 그가 어디 있든 열렬할 텐데

나의 한 켠이 죽어 있음이 다른 한 켠을 증명하는 듯하여 마뜩치 않구나,

태연하게 생각하고 있었다

사랑의 발끝에 매달리던 구두가 툭툭 바닥에 떨어졌다 왼쪽부터인지 오른쪽부터인지 모르겠으나 리듬은 알맞았다 정수리도 아닌 위치에 사랑의 신을 붙이고 아스팔트는 여전히 공허했다

당신이 어디 있든 열렬할 텐데

운동장만한 사람의 얼굴이 큰 소리로 깜빡이는 듯했다

벽이 없었으므로

나는 한 번도 무릎 꿇지 않았다

눈감으면 황소자리의 어둠이 나를 들여다보고 있었다
그를 대비해야 했다
그뿐이었다

## 미

얼마 전부터 밤이 깊으면 한 사람이 방에 들어와 미의 팔에 주사를 놓는다. 그가 누구인지 주사의 약이 무엇인지 미로서는 아는 게 없다. 미는 눈을 감고도 그를 볼 수 있다. 일어날 순 없다. 다음날, 미는 약효가 있는 하루를 살게 된다.

미가 궁금한 건 그의 정체도 약의 성분도 아니다. 그가 미를 아는지 궁금하다. 미가 다니는 학교, 자주 가는 카페, 미가 들고 다니는 힘없이 늘어진 가방, 가방 속의 책 몇 권

그가 미를 아는지 궁금하다. 미를 알고도 미에게 주사를 놓는지 미는 궁금하다.

그의 손목을 잡고 미는 묻는다. "그건 뭐죠, 제가 병에 걸렸나요, 왜 주사를 맞아야 하나요, 매일 그래야 하나요?" 미의 입술은 움직이지 않고 손은 침대 위에 놓여 있다. 차갑고 부드럽고 의미가 없는 그의 피부 감촉이 생생하다.

이 일이 미가 겪고 있는 일 중에서 가장 흥미롭다는 점을 미는 상기한다. 다른 일 같은 건 쉽게 잊힌다. 오직 이 일이 아니면 있을 수 없는 나쁘거나 새로운 국면을 접해 미는 저항할 힘이 없다. 혹은 조금의 저항이라도 져버리고 싶은 힘이 넘친다.

여전히 미는 묻고 있다. "저를 아세요, 왜 이 일을 해야만

하죠, 돈을 버나요? 왜 이 일을 선택했죠? 가난한가요, 재미라도 있나요, 전 알 필요 없나요?" 어느 순간에는 그가 미에게 묻는 것 같기도 하다. "우리는 하루도 빠짐없이 만나고 있는데, 그게 특별하다고 생각하세요?" 미는 그를 미를 위해 일하는 인형으로 여기기도 한다. 궁금증이 휘발되는 데 긴 시간이 걸리지 않았다. 그는 그가 하는 일을 하고 있으며 미는 그에게 미의 일을 말할 필요가 없다. 그게 규칙인지도 모른다. 흥미로운 일이 시작되기 전의 침묵 같은 것이다. 이대로라면 머지않아 미는 이런 말을 하게 될 것이다. "수고했어요 모두 잘 되어가고 있어요 고마워요"

## 연강
## —강

아니오…… 조용합니다.
살아 있는 모양입니다.

인조 큐빅이 박힌 귀걸이를 샀습니다. 영수증은 여기에.
초콜릿을 먹고 담배를 피우고 한 살 더 먹었습니다. 자른 머리카락이 여기에.
차라*의 노래를 불렀습니다. 까마귀가 여기에.
…………
이제 아무것도 없습니다.

식탁 모서리에 찍혀 죽은 쥐 냄새가 조금 납니다만.
둥근 머리를 다음으로 던지는 소리가 납니다만.

좋은 일들이었습니다. 좋은 말들이었습니다. 정말 그것을 나눴다는 증거만 있다면 말입니다. 그러나 영수증과 머리카락과 까마귀의 발끝이 말줄임표의 점들을 하나씩 밟고………… 이 밖으로 나가고 있지 않습니까.

* 이와이 슌지, 〈피크닉〉.

# 3부

## 작고 불 켜졌고 사라지지 않는

## 섬광의 시

커피에 살얼음이 낀다

그는 팔짱을 끼고 추위를 걷는다

회의록이 미리 알려졌다 그는 이 날씨에도 죽지 않고 아침에는 해를 쬐며

친구에게 전화도 건다

그는 넘어진다 아! 아프지 않다 그 손으로 이루지 않았기에 꿈은 아니다

환한 눈밭

텐트 안에 친구가 있어 · 더는 아프지 않을 · 더 · 아플 일 없는 · 다시는 떨지 않을 · 몸 · 걸어 · 그 전화, 절대 · 무시 안 해 · 받을 거니까 · 손이 부서져도 · 해가 부서져도 · 친구야

그는 커피를 마신다

목은 송곳이 되어 뻣뻣하게 고개를 쳐들고

하늘은 아침도 밤도 아니다

짧은 사람들과 나눈 시들이 여기에 있다

그들은 그 짧음으로 긴 회의를 했다

그 회의록이 있다

결론은 미리 알려져 있다

모두 꿈이 아니다

## 파인*

우리는
아이스크림이 가득 든 상자를 관으로
삼고 싶어.

이불을 덮으면 산이 보인다. 사람을 지나치고 있다. 꼬리를 끄는 관성으로. 우리의 어떤 유작도 시간이 정해진 스크린에서 상영되지는 않을 거야. 빔프로젝터를 껴안고 구르고 싶어하는 작은 고양이들과 함께. 그저 비좁은 사랑 속에 들어가 눕고 싶어하는 고양이들을 위해. 누구의 축복도 그림이 되려고 하지는 않아. 모든 증거들은 납작해진다. 여기 있다면. 흔들리는 손바닥에 스테이플러를 찍는 일을 멈출 수 없다.

수영장 밑에서 위를 보며 누워
사람을 피하는 물그림자를 관음한다.
우리는 수명을 안다.

사수가 없는 회사와
눈병에 걸린 유아를 헷갈린다.

플라타너스처럼

---

* 보이어(Voyeur), 〈The Pines〉, 2016.

인사하는 손이 크다는 것 말고는
할말이 없다.

생수 안에도 많은 성분이 있지. 언제나 갈증은 너무 단순하다. 한 가지 색으로 밝혀지는 것은 무엇일까. 우리는 사람들에게 머리카락을 계속 쓰다듬어달라고 부탁한다. 기분이 좋다고 답하지 않으면 뭔가를 잘라야 하니까.

정전기에 박수를 치고
건물을 빠져나온 냄새를 믿는다.

들어갈 수 없고
나갈 수도 없는
콘서트홀이 있다.

호의와 거짓말을
같은 악보에 새겨넣는다.
모든 합창은 환청이다.

아무도 전자레인지에 넣은 적 없는 핫도그들을 긴 식탁 위로 나르고 있어. 온몸에서 연기를 피워올리며. 우리는 차가운 얼굴을 양손으로 감싸며 멈추고 싶어. 버튼을 찾으면 다시 발끝부터 얼어간다. 테이핑을 하지 않아도 멈춰 있는 것들을 알아. 우리는 모르는 게 없지. 어떤 맛을 골라야 할지 망설일 뿐이다. 침대에서 끊임없이 자세를 바꾸다보면 밤이 가는 것처럼.

작품은 장식이 되고
도서관에선 한 장씩 사람을 넘긴다.
비석이 넘어지면
다시 봄이 올 거라며.

기대는 선인장처럼 생겼지. 잘 죽지 않는 대신 오래 기다려야 한다. 옷을 벗으면 바닥에 툭, 눕게 돼. 쌓인다는 말은 왜 꾸짖는 기분이 들지. 좋아. 우리는 홈 모양으로 어는 얼음을 입안에 넣는다.

시는 달콤한 말을 해주고 싶대.
그것이 영원을 내쫓지 않는다면.

물의 부스러기 속에
눈빛과 미소를 발견했지.
우리는 굶고
말도 많이 하지.

"친밀함의 알레고리는 슬픈 말들 뿐이에요."

"하는 수 없군. 이리 오세요."
천진한 식물을 기르는 손을 유기하며

점유지에는 각자의 자갈이 깔려 있어. 우리는 모든 자갈의 감촉을 안다. 이윽고 쏟아져내려, 구름처럼 두들긴다는 걸 안다. 입을 벌리고 무거운 것을 받아 삼켜야 한다는 것도.

과자의 포장지에는 과자의 얼굴이 그려지네. 우리는 처음을 돈 주고 사왔어. 덜 밀폐된 방문에 등을 기댔어. 어떤 우정도 미로의 손가락을 셀 수는 없을 거야. 작게 웃는 수를 고를 수밖에. 종교의 선택지는 점프대이거나 낭떠러지 둘 중 하나야.

안 갈게.
떠나는 시간은 구처럼 생겼네.

깨지도
잠들지도 않는
불빛의 공중으로.

바르게 눕는다는 건 우리를 둘러싼 것들이 한 말이었지.

## 소라

그 밤 나는 잠이 오지 않았다 이마에 올려놓은 얼음주머니가 미끄러졌다

관자놀이가 차갑고 귓가가 훙건했다
물방울이 들렸다

수영장 하나가 굴러 굴러 내게로 왔다 그는 나의 열기 안에서 경주를 했다

수영장은 수영장이어서
안도 밖도 없었다
단지 지루했다

사람들이 보고 싶었다

나의 손가락이 나의 발끝이 그를 위해 뭔가를 하고 싶었다 나는 구르거나 이동하지 않았다 수영장은 도움을 청하지 않았다

그는 스스로의 힘으로 굴렀다
그는 차가워지고 뜨거워졌다
그가 멀리 가버리면 내가 만나러 가야 했다

수영장의 모두는 약속을 나누지 않았다

나는 약속했다 씻은 듯한 약속, 아무것도 남기지 않고 한 번 발음되지도 않았다

몸 어느 부위의 깊은 떨림이 머리 가득 차오르는 기분이었다

나는 잠이 들었다 숨을 쉴 줄 모르는 수영장이 천장을 되찾고 있었다

## 박쥐와 당신

아이폰을 초콜릿처럼 바삭, 바삭, 씹어먹는 박쥐가 당신의 곁에 있다

그 박쥐는 비참한 곳에서 평생을 살다 처음으로 당신의 방처럼 나름대로 괜찮은 곳에 들어와본 것으로 보인다 당연히 당신의 것이라면 무엇이든, 구걸하는 척하면서 있는 대로 빼앗을 준비가 되어 있다

박쥐가 말한다

—사과가 올려진 값비싼 초콜릿바
—제 것이에요
—당신은
—제 것이 아닙니다
—당신이 덮은 녹색 이불, 모스그린이라고 해도 좋을, 이끼만큼 축축하진 않은
—제 것이에요
—당신의 연인, 긴 머리카락을 땋아서 짚신도 만들 수 있을 만큼 유능한
—제 것이에요
—뭉게구름, 벼락을 내립니다
—제 것이에요
—당신이 환장하는, 어떤 때에는 새벽에 일어나 편의점으

로 달려가게 하는

—애플잼 쿠키, 얼음콜라 제 것입니다

—당신은

—제 것이 아닙니다

—보석의 나라, 당신이 어제 본 몹시 재밌는 애니메이션

—당신 것이었던 적도 없고, 이제부터는 거짓말처럼 제 것입니다

—당신 앞에서 당신을 구걸하지도 않는 악마

—제 것

—당신

—제 것 아님

—사랑

—뭐가 됐든 당신 것은 절대로 아닙니다

—뭐가 남았습니까?

—축하합니다

—당신은

—오직 당신만의 것이랍니다!

## 무크지

사람뿐인 소설을 한 시간 읽었다 피로하였다

역 앞에서 그를 만났다

이해심 없는 사람들이 지나가네, 그가 말했다
마찬가지야, 나는 웃지도 않고 대꾸했다

서니 눕고 싶어
그를 보니 일별하고 싶은

오늘 나는 손을 잡고 놓는 모빌인 모양으로
흔들거리기엔 자신이 있었다

무협지 얘길 했다 수만의 사람이 비처럼 사라져 빛나는 것은 검기뿐 그가 별로 좋아하지 않는 주인공은 싸움에서 이겨 아름다운 사람을 상으로 얻었다 그런 상이 있다니 나도 수만 번 이기고 싶어

하여 이기적으로
나는 빗겨 걸었다

사람이 툭 툭 떨어져 앞에 섰다
기민하여 무연하구나

알았다

그는 더이상 말이 없었다

아무도 눈감지 않은 순간을 코트 주머니에 넣고 있었다

## 쇼자인테쉬크톨*

어떤 밤에는 혼자라는 생각이 들지 않아 그리고 긴 치마를 입고도 펄쩍펄쩍 뛰어 맛이 간 듯이 지붕을 타넘을 거라고 믿게 되지

기운이 없을 땐 쫓겨난 복도에서도 넘어져 구르곤 하지만 그런 밤은 달라

복수複數해

나빠져도 달이 개로 보이진 않을 거야

여전히 낮거나 붉을 듯

좋은 일이 가득 든 믹서를 돌린다고 해봐 아무도 마시고 싶진 않겠지 굶어서 종잇장 같은 몸 위에 이 말을 적을 순 없어 알아, 그건 우리 거야

가늘고 긴 터널이 창으로 떨어져

그 속에서 친구를 만나면 좋겠지만

---

* 이영도 '새 시리즈'에 나오는 연좌제. 암살자로 지목된 사람은 범죄를 저지르고 도망친 친족을 죽여야 한다.

오늘은 혼자 길을 찾는 훌륭한 날이고

정신이 들면, 내 머리 위엔 있는 힘껏

눌러보고 싶은 큰 뺨이 붉어져 있을 거야

구름의 등으로 이루어진 하늘도

앞을 내어주지 않고는 못 쉬어

언제든 도망칠 울타리들이 시시덕거리는 소리가 들린다
이것으로 좋은 일을 마음껏 벌이고 말았으니, 사랑하는 이에게 퍼부어줄 칭찬을……, 주머니 속에 넣었다

흉한 발을 감추지 않아도
느리게 걷기 싫은 사람들은 큰 새가 큰 눈을 지녔다고 생각할 것이다

현재는 비탈길을 내달리고

이것은 친구들이 검고 푸른 눈으로 천장을 훑어
꽉 채워낸 밤

우리를 묶은 별이 이내 무엇을 불태울지
긴 명단이 쓰여지고 있어

## 컨트리

밤이 되면 동키콩 컨트리 투의 오에스티 앨범을 들었다 몸통을 부딪히는 것만으로 백 개가 넘는 바나나를 먹어치우던 귀여운 킹콩들을 생각했다 게임은 어려웠다 세이브 없이는 깰 수 없었고 난 녹색 콘솔 의자에 앉아서 언니가 끝까지 가는 모습을 지켜보기만 했다

다시 녹색 콘솔 의자와 게임하는 시간이 돌아온다면 나는 과거와 똑같이 구경을 할 테지만 적어도 그 장면이 다큐멘터리가 아니라는 점을 상기할 것이다 계획과 계획 바깥은 똑같이 어려웠다 귀여운 킹콩들과 독을 품은 벌들이 무한히 나무통을 깨고 나왔다 나는 보스몹이 되었고 필살기가 없고 난이도가 낮은데도 패배하는 순간은 1면에 실렸다 내 패배에는 모르는 헤드라인이 붙어 신문을 읽는 사람들은 나의 패배감을 이해할 수 없었다

그 일을 기억한다면, 우리가 가져본 적 없는 동키콩 컨트리 투의 오에스티 앨범이 상당히 비싸다는 사실은 다 쓴 그물처럼 빠져나갈 의미가 많은 농담으로 들릴 것이다 그 음악은 유튜브에도, 블로그에도, 트위터에도 있었다 우리는 들을 수밖에 없었다 그건 절대적인 거였다 아무도 거절할 생각을 하지 못하는 고요한 제안이었다

# 물룸

무얼까
멋있는 포스터를 사서
방에 걸어두는 건

조명이 하나둘씩 떨어지면 많은 의자가 빛나니까
단지 그것 때문에 공연을 보러 간다 내겐 의자에 앉아도 반짝반짝할 자유가 필요해서
사람들이 많고 모두 말이 없다 믿는 것일까
아름다운 점으로
가득한 귓속을

나는 벌레 같아서
어깨와 팔꿈치처럼 도드라진 곳에는
격자무늬가 남을 거라고 생각했다

조용한 삶이란 건강한 사람들의 종교라고 생각했다
헤드라이트와 수은등이 위로만 손 뻗는 이유를 알고 있다고 생각했다
그것을 믿어주는 사람은
절대 다수에게 사랑받아도 질투하지 않겠다고

나는 편협하여
기울어지는 방향으로 아침이 밝는다고 생각했다

사람들이 나란히 눈을 떴다
콘서트에 가면 소중한 몸이 구르는 소리가 들렸다

가슴 아래서 흰 뼈를 붙잡고 있는 이들을 보았다
유리창을 조심스럽게 대했던 친구의 얼굴을 보았다
"우리의 사치품!"
손을 놓으며 그애가 말했다

꿈이 거처를 정하면
양손 가득 슬픈 반죽을 갖게 되었다
몸이 무겁다고 고백하는 시간이 있었다

멀리까지
기도를 잇는 어둠으로
단지 그것을 위해 침대에서 흉상이 되곤 한다 내겐 모든 부스러기의 밤을 기릴 공간이 필요해서

검은 푸딩처럼 내겐 방이 있었다
움직일 수 없는 대신
실루엣들이 바깥에 맺혔다 사라졌다

노크도 사람을 부술 수 있다고
잉크가 날아간 티켓들이 가르쳐주었다

## 트루먼쇼 증후군

김상은 트루먼쇼 증후군을 앓고 있었다. 자신의 일거수일투족이 24시간 촬영되어 전 세계에 생중계되는데, 인생은 수치스러운 것투성이였다. 김상은 별로 좋아하지 않지만 나름대로 품위가 있는 브랜드의 제품만 사용했다. 그리고 정말 좋아하는 브랜드는 마음속으로만 남겨두었다. 김상의 마음속에는 화살표 모양의 울타리 속에 진짜 좋아하는 것들이 유실물처럼 서로를 의지하며 살아가고 있었다. 망각이 그것들을 몰아낼 때마다 김상은 온힘을 다해 저항했다. 울타리 안에는 퀼트 담요와 나무 지지대로 만든 텐트가 생겼다.

김상은 혼잣말을 하는 습관이 생겼다. 술을 많이 마셔 전봇대 앞에서 구토한 후에 그는 CCTV가 있다고 생각하는 쪽을 향해 이렇게 외쳤다. "이봐요, 어떻게 좀 해주지 않겠어요?" 다음날 아침, 아무 일도 일어나지 않았다. 시청자 게시판이 난리가 났겠군, 김상은 생각했다.

김상은 진심으로 사랑하진 않지만 나름대로 수준 있는 집안의 여자와 결혼했다. 섹스할 때마다 그녀의 얇은 귓불이 거슬렸다. 아무에게도 말하지 않았다. 두꺼운 귓불을 가진 귀 하나가 퀼트 담요의 텐트 속으로 툭 떨어졌다. 김상의 아내는 아들을 둘 낳았다. 복숭아색 뺨을 가진 딸 하나가 텐트 속으로 툭 떨어졌다.

김상은 텐트의 입구에서 머뭇거리고 있는 둘째아들을 침대로 불렀다. 둘째아들은 병상에 누운 김상의 머리맡에 대고 "저 왔어요, 아버지"라고 속삭였다. 김상은 CCTV의 사각지대라고 생각되는 쪽을 노려보며 말했다. "나를 좀 일으켜줘, 그리고 인사를 하게 해줘, 피겨 선수들이 연기를 마치고 하는 것 같은 인사 말이야" 둘째아들은 그렇게 했다. 김상은 한쪽 무릎을 굽히고 근사하게 인사를 하려다가 고꾸라졌고, 정수리를 바닥에 쿵 찧었다. 텐트 속으로 처음 보는 몽롱한 얼굴의 갓난아기가 포대기째로 툭 떨어졌다.

## lesson

신호등 옆에서
아이스바를 문 사람이 웃는다
아는 사람이다
인사하지 않는다
피아노 소리를 놓아준다
연습실
농담
차가운

나는 도로의 빛에 신호를 혼동한다
파란불 다시
나를 도망치고 싶게 만들었던 사람
언제든지
처음의 미소를 짓고
처음을 사라지게 한다
하지만 내 신발로 놓여 있고 내 양탄자로 누워 있던 사람
유일하여 이곳까지 자라난 머리카락을 그림자의 점이 누르고 지나간다

한 곡을 치고 포도알을 칠하고 한 곡을 치고 포도알을 칠하는 작은 그림이 그의 등에 걸려 있다

우리는 사람이었고

아이로 불렸으며
무엇도 지속하지 못했다
그는 부르지 않았다
나는 소리 없이 알아내곤 했다

용서를 구하는 일에는
사랑이나 마음이 없다는 것을

우리는 비슷한 벽장에 살고 있었다
눈뜨는 소리의 감상을 나누었고
가끔 속삭이듯 질문했다

“우리가 열거나 닫을 줄 모르는 것을
문이라고 불러도 좋은 걸까”

위로에는 필요가 들어 있으며
숨은 바깥에 섞이기에
돌아오지 않았으면 하는 바람은 항상 믿을 만했다

그는 칠한 만큼의 공간이 사라지는 줄 몰랐다
나는 아무것도 칠하지 않았다

"무채색은 평온해요. ……헌데 회사에 다녀보니, 아무도 떼어내기 위해 포스트잇을 붙이지는 않던데요. 어떤 믿음은 바로 옆자리에 앉아 있어도 기도가 끝나면 다시는 만나고 싶지 않은 거예요. 깃발이 영원히 흔들리고 있다면 더는 사람이 꽂은 게 아니지 않겠어요. 나는 이제 질문을 땅에 묻지 않기로 했어요."

다시는 만나지 않을 사람의 건강을 기원하는 종교가 있다
모두에게

농담
차가운

우리가 칠하지 않은
불이 켜진다

## 네이처

사랑하는 사람에게 편지가 온 일요일, 기뻐서 울었고 하루종일 글자를 외웠습니다 겉은 얼굴 같고 속은 받침대 같았으므로 어떤 것들은 틀림없이 꽃이라 부르기로 하였습니다

—블루아몬드 수영장이 천안에 두 곳 있다고 한다 이곳에 있는 건 블루아몬드 목욕탕이다

—어떤 차이?

—섞으면 하나입니다

기분이 한아름입니다

남루한 나의 두 팔도 빛을 쬐고 있습니다

그리고 나는 뒷장에 그립니다 그리고의 그리고에서 다시 한쪽 그리고의 손을 유일하게 잡아준 그리고 러브

한 바퀴의 봄입니다 여기에 잠깐이 들어 있지 않은 영원을 넣었습니다 밀봉은 무리이므로 우주까지 함께입니다

—그리하여

　우리는 잠깁니다 반 정도

—머리부터

—발목까지

—그 모습은 우아하기에

—아무도 탓하지 않았으며

—우주와 비슷해졌습니다
—친구가 좋아하는 엠앤엠즈*와 비슷해졌습니다
—그럼 불러도 좋을까요?
—네
—철컥!

물속에서 만난 사람들이 물안으로 떠나갑니다 교차로를 건너 이슬 한 방울 맞지 않고 사라집니다 나는 그를 기다립니다 킥판에는 이름이 적혀 있습니다 어떤 킥판을 잡으면 잡힌 킥판이 어떤 킥판을 잡습니다 고요는 사람으로 가득차 있습니다 소리는 공간이 아닌 척합니다

—(웃고 있다)
—(너무 웃고 있다)
—(계속 계속)
—————(어떻게 멈춰?)
———.
———————(!)

우리가 자주 있던 아파트 (거기서 살지는 않았지.)
풀었지만 묶지 않았던 리본

---

* 미란, 1991.

(아마도 아마도)

벽돌을 마구 집어던져도 되는 집에서 쿵쿵 뛰면서 섹스를 했다 끝나고 나니 기진맥진했다 우리는 바닥에 누워 천장에 뜬 뉴스를 보았다 우리와 상관없는 잔인한 민원이 들어왔다 쌓여 있었다 그것들이 흐르는 수액을 찾았다

(이 아파트를 떠나자———)

블루아몬드의 빙질을 수정한다 신발과 신발을 신발장으로 내몰고 동물들은 맨발로 쏟아진다 각얼음이 서로 부딪히며 나는 잡음이 사라진다 멀리서 보면 반원의 지대 나는 외웠습니다 그 속에서 기다리던 과자 봉지는 무사히 잠들었습니다 아무도 불행의 맛은 보지 않았습니다 먼 유성에서 치솟은 연기가 여기까지, 나의 연인이 입술에 댄 필터에서 잘 걸러진 순간으로 피어올랐고 나는 잔디처럼 출처가 깔린 깊이를 찾았습니다 오직 지금만이 무리 없이 자라났습니다 나의 암기는……(계속 계속)

## 올해의 도마

그는 짧은 도마를 샀다

무엇을 썰지,
무엇이든 이 위에 오르기 전에 썰 필요가 있다

일을 마치고 그는 부엌에 가봤다 부엌은 외롭고 불 꺼졌고 사라질 줄 몰랐다

고유 향이 났다
이곳에서 지은 첫 식사 역시
사라질 줄 모르는 바

그는 혼미하였다 어둠이 찬 싱크대란 그런 거였다
기다려도 젤리가 되지는 않는다

아마 계단을 오르는 장면일 거예요 선명하되 단순하지 않아요 사뿐히 모든 층계의 위로
어디 가는지는 으레 기억나지 않지요

많은 것을 사봤어요
호기심에

도마에는 용도 이전의 차가움이 있다

그는 싫지 않았다

슬픈 시간을 입안에서 단맛이 나도록
씹을 수 있기를
기대하였다

그건 작고 불 꺼졌고 사라지지 않는 일 중 하나였다

## 연기령

담배를 피우는 사람이 긴 연기의 끝을 보고 있다 나는 필터 속의 깊은 어둠을 응시한다 이렇게 붉고 뜨거운 어둠을 처음 본다

이런 식으로 닳기 위하여 긴 길을 걸어간 적이 있었는데
새로 산 코트만 몹시 남루해지고 말았다

나의 몸은 아직 세찬 빗방울처럼 걸을 수 있다 차분하게 담배를 던지는 사람 호를 그리는 불티

나는 타들어가는 불을 뱃속에 삼키며 길을 걸었다 그 길에서 만난 사람 사자마자 낡아버린 내 코트 같은 얼굴 하고 있었다

화상을 입은 자리는 재생되지 않는데
우리가 화상을 입는 순간은 어디서든 재생되고 있었다

많은 사람들이 라이터를 가지고 있다 나도 호주머니 속에 라이터를 가지고 있고
우리의 생각은 흡연실에서 먹구름처럼 떠다닌다

헌옷처럼 사람의 얼굴 뒤집어쓴 채
얼마간 나의 표정은 간지럽고 아프다는 듯 굳었지만

이제 마주쳤던 사람들에게 미소를 지어 보인다

반갑습니다 흡연실에서 만난 아저씨들 다정한 언니들

이렇게 뜨거운 붉은 어둠을 처음 보지요? 이렇게 낡은 우리들을 처음 만나지요?

## 실루엣의 시

언제부턴가 오후는 발밑으로만 떨어졌다
나보다 키가 커진 그림자를 내려다보는 건
유일한 일과였다

손이 손을 잡아먹는 건
영화에서나 나온다고 생각했는데
책들이 허공에 떠 있었다
물속에는 크게 부푼 빨대가
시간이 흐르기를 기다리고 있었다

밤에는 자지 않고
대화를 했다
모두가 그랬다

깨어 있지 않으면
쟁반을 나를 수 없어
유리컵을 쏟고 팔꿈치를 깨트려

유령의 말은 상냥했다
허락 없이는 나를 건드리지 않았다

우리는
흔들의자에서 죽지 않았다는 이유로

밤마다 샹들리에에서 모르는 방들을 밝혀줘야 하지

아주 작아지고 싶다
트롤리에 들어가
아무도 끌지 않을 때까지 기다리고 싶어

나는 초점을 잃은 공간에서도
사각지대를 찾는 방법을 배웠다

등뒤로 사막이 펼쳐지는데
네 머리카락으로 깃발을 꽂으라고 했다니
사실이야?

나는 입을 벌려
줄곧 물고 있었던 실타래를 보여주었다

작은 사람들은 모두 상냥하군요
아뇨 큰 사람들이 그렇게 만들지요

대답할 수 없는 질문은
녹아내리는 발음으로 울렸다

사람의 어깨를

검고 슬픈 눈동자를 침대로
삼고 싶었다
그래서 나는 더 작아졌다

봄의 무더위에 벤치가 놀라고
사람들은 바닥에 깔려
누가 위에 앉더라도
놀라지 않을 준비를 하고 있었다

팔을 벌리면 그 폭만큼
세상이 지워졌다
영원한 꽃들이 포장되어 나왔다
계속 향기가 났고
사랑을 표현하기에 적합해서
아무도 이상하게 여기지 않았다
가득 안았다

끝을 모른다는 이유로
시작마다 끊어져야 하지
우리는 일요일을 나누기 위해
공원에서 가위바위보를 하는 사람들이야
어떻게 하면 롤러스케이트를 타고
앨범 재킷처럼 넘어질 수 있겠어

많은 손들이 사라지지 않고 더 많이 흔들렸다

바닥이 검어 나는 밤을 잊었다

영상 속의 스키 선수처럼
사랑은 눈의 중앙에서 구르고 있었다

## 미치

미치는 언제나 실수로 유혹하는 사람이었다 우리는 그를 탓하지 않았다 다른 많은 사람들도 미치를 탓하지 않았다
그럴 이유가 없기 때문이었다

미치에게 받은 상처는 바구니에 담겨 풀밭에 방치되었다 이후의 노래들은 그것이 무엇인지, 출처가 어디인지 파악되지 않은 채 되풀이되었다

미치는 작자 미상의 사랑을 갖고 있었다
하지만 아무도 미치의 소매를 끌며 그가 있기 좋은 장소로 데려다주려 하지 않았다
우리는 미치를 그대로 두었다

그대로!
그 말이 도로를 의미하는지, 어항을 의미하는지
도대체 누군가의 곁이기는 한 것인지 미치도 그밖의 다른 많은 사람들도 알아내지 못하였다 대신 우리는 미치에게 물어보았다

—미치, 아프니?
—응

미치는 상냥하게 대답했다 그는 상냥한 사람이었고, 상

냥한 미치를 잊혀지게 둘 생각이 없었다 다른 모두와 비슷한 정도의 고집스러움이었다 하지만 마지막 사람이 두어 걸음, 미치의 그림자로부터 물러서며 다시 한번 그를 시험했을 때,

—미치, 아프니?
—응

미치는 양 손바닥에 얼굴을 깊이 파묻고 돌아서 울고 있었다

## 캐치!

성공했어요 아주 많이
질리도록 성공했어요

공을 잡았어요 묵을 굳혔어요(단단해요) 소리를 질러 돌아오는 자리에 내가 있었고 반환점은 사라진 얼굴이었어요

스펙트럼으로 집을 만들면 반드시 층을 지어야 한다고
지루한 농담을 했어요 다 끝나면 박수를 두 번 치고 수를 배우는 거예요 우리는 세기를 알지 못해요 심각하게 뒤를 돌아보면 우스운 자세가 되죠

나는 비웃을 줄 몰라요
누가 내 관자놀이에 붙어서 입술을 찍은 영상을 실시간으로 틀어주고 있거든요
처음부터
립스틱
윤허

발음해보세요 소리가 사라지고 남은 동그라미가 슬픈 눈동자처럼 단어의 축축한 부분에 고여서…… 바로 이슬이라고 주장합니다
"당신들은 믿을 수 없겠지만 우리도 서로 부딪치면 소리가 나고 구애도 하고 그렇다"

생태계라는 커다란 강아지에게 다 먹은 접시를 던지러 가요!

누구든지 각도를 재기 위해선
등을 굽혀야 하므로
시는 왜 슬퍼요

벗어둔 옷을 보면 공기에도 색이 있는 걸 알 수 있어요 어떻게 해도 물들이는 거예요 흔들고 사라지고 냄새로만 맺히는 것들에게
혹시 투명함에는 많은 자세가 있고 그런 식으로 색을 구분해도 좋은지 묻는 거예요

"힘껏 던졌다고 생각하겠지만 우리는 가만히 앉아서 당하다가 뛰쳐나왔다"
의자와 소파, 킹사이즈의 침대 외에도 앉을 장소는 많이 있어요

있어요
사랑이 해냈고
껴안으면 눈이 쏟아지고 그것도 함박눈이
뭉친 듯이 크게, 감히 무엇도 이처럼 하얗게 사라지지 않는다는 듯이 세차게 우리의 가슴을 두들겨

감은 눈 밑으로 칼날이 지나가도*
둥근 테두리 안으로 들어와 웃는 시간이에요

나는 지금 카메라를 들고 있어요
당신의 입술은 나를 찍고 있어요

한 걸음씩 뒤로 물러서면 아무도 총을 쏘지 않고 룰이 있는 레이스에서도 한 사람씩 사라질 거예요 나는 아직도
여전히 멍청하고 달콤한 이야기를 하고 있는 거예요
아무도 잠들지 않은 가운데 유일하게 어깨를 만지는 목도리를 한 코씩 풀면서

나는 도발할 줄 몰라요
위험을 알리는 팻말을 더 높이 들어주세요 그리고 거기 서보세요 나는 "언제나 여기" 있겠다고 말하러 가버릴 거예요

우리는 너무 오래 살아서 죽음이라는 말이 그것을 가리키지 않는다는 사실을 잊어버렸어요 그래서 매일 그림에도 남지 않을 사람들을 모욕해야 해요

여기서부터는 아무도 모르므로

* 할라피뇨가 무서워하는 것, 1995.

여기에 선 것일까요
소라게
일기

내가 무엇을 성공했는지에 대해 묻기 시작하세요!

## 우리의 주인님

1

치리가 일요일에 내게로 왔다 그는 한 손에 하트 모양의 헬륨 풍선을 들고 있었다

—나는 마족魔族이다

그는 풍선 안의 헬륨 가스를 반쯤 들이마신 듯했다 나는 검은 가죽 소파에 앉아 뜨개질을 하고 있었다

—그렇구나

치리는 씩 웃고는 이상한 목소리로 내 뜨개질이 얼마큼 진행되었는지 물었다 나는 놓친 코를 수정하느라 들인 시간에 비해 진전이 없다고 말했다 치리는 나를 격려한 뒤 돌아갔다

2

수요일에 치리는 울면서 내게 왔다 나는 여전히 검은색 가죽 소파에 앉아 약간 들뜬 가죽을 손가락으로 잡아뜯고 있었다

—나는 관산도서관의 연체된 소설에 나오는 선생님이다

치리가 말했다 그는 뭔가 감개무량한 듯이, 창밖을 보면서 혹은 나를 보면서 새로운 감상을 말했다 달리 할말이 없어 나는

—그렇구나

했다 선생님이라니 조금은 예의를 갖추어, '그렇군요'라고 말해야 좋을지 잠시 고민했지만 그만두었다 치리는 신경

쓰지 않고 내게 뜨개질에 대해 물었다 나는 주변을 살피다 소파에서 일어났다 털실 뭉치와 대바늘은 내 엉덩이 밑에 깔려 더욱 멋있어져 있었다

—지루한 질문을 하고 말았네

치리는 이렇게 말했다 그리고 여전히 조금은 침울한 채 집으로 돌아갔다

3

다음 수요일에야 치리는 내게 왔다 그는 식탁보를 망토처럼 두르고 있었다

—난 망토를 두를 줄 아는, 최초의 집토끼이다

치리가 말했다 그의 망토에는 커피 얼룩이 묻어 있었고 가장자리에 붙은 솔은 엉켜 있었다

—그래

내가 말했다 치리는 망토를 휘두르며 한 바퀴 돌더니 대뜸 물었다

—뭐가 그렇다는 거지?

—너 말이야

—내가, 뭔데?

—너는 네가 말한 그거란 말이야

—아하!

치리는 빙글빙글 돌며 집으로 돌아갔다 나는 그의 망토에 이마를 얻어맞은 것을 비밀로 하였다 그리고 가죽이 다 뜯어진 소파에 엉덩이를 비비다가 잊혀진 털실 뭉치를 발견했다

4

그달 마지막날에 나는 치리의 집으로 갔다

누가 망치로 여러 번 때려 키를 작게 만든 것 같은 빌라였다 그 앞에는 다육식물 화분들이 줄지어 있었는데, 모두 치리의 것이었다 화분 곁에는 하드보드지로 만든 팻말이 허술하게 서 있었다

*데려가고 싶다면 데려가도 좋지만,*
*당신은 어차피 이 빌라의 주민일 테니*
*며칠 후에는 이들에게 이 위치가 가장 적합하다는 사실을 깨달을 것이다*
*아시다시피 이 빌라 근처에는 빌라의 주민밖에는 오지 않는다 너무 외지고, 주변 경관도 좋지 않다*
*창문 너머가 항상 지루하다*
*누가 당신을 만나기 위해 이 빌라까지 온다면*

*당신은 그 사람에게 고마워해야 한다*
*그런 사람에게라면 화분 하나쯤 데려가게 해도 괜찮을 것이다*
*분명 좋은 사람일 테니*

치리의 글씨를 가만히 내려다보다가 빌라 안으로 들어갔다 왼쪽 옆구리에 치리에게 줄 털모자를 끼고 있었다 포장도 하지 않았고 코가 빠져 썩 좋은 상태는 아니었으나 치리는 개의치 않을 것이다

다음달부터 나는 뜨개질 같은 것은 일찌감치 집어치우고, 다육식물에 관한 연구를 시작했다

**폼포폼포폰포폰폰***,1911

난 뭐든 할 수 있어.
죽을 순 없어.
난 뭐든 할 수 있지만
죽을 순 없어,2020

벤치에 친구가 앉아 있다. 그것이 나를 따라온다. 나는 친구 옆에 앉아 있다. 그것은 어떻게 계속 나를 따라오지? 나는 움직이지 않는다. 친구가 움직이지 않기 때문. 친구가 일어서면 그것은 다시 나를 따라와도 좋다.

난 문자를 쓴다.

왜 이렇게 느려
불쌍하게
내가 안아줄게
너 불쌍하니까,1991

친구가 일어나면
나도 일어나지.
친구가 안 일어나면?
난 여기에 있지.

* 르네 마그리트, 1948.

지각이야 못난아,1999

친구는 등을 보이고 말한다. 자긴 그었다고. 올해는 져버리는 해. 양손으로 눈꺼풀을 덮는다. 빛 피하는 고양이처럼. 그 위를 다시 내 손이 덮는다. 친구야. 책상이 둥글게 모이면 안에 그것이 고여. 둥글게 모인 책상은 더 둥글게 뭉쳐서 버렸을 텐데. 다신 뜨지 않도록.

난 뭐든 할 수 있어.
죽을 순 없어.
난 뭐든 할 수 있지만
죽을 순 없어,1995

친구야

난 뭐든 할 수 있어.
죽을 순 없어.
난 뭐든 할 수 있지만
죽을 순 없어,1994

그것은 말한다. 그었다고. 올해는 아직 흐르지 않는다고. 경고음이 울린다. 친구는 돌아보며 말한다. 그것이 있다고. 지난 해가 아직 흐르지 않는다고. 누가 북을 친다. 나는 친구를 따라한다. 친구를 등진다.

발치에 커다란 귀의 토끼가 와 있다. 북 치는 토끼다. 누구보다 먼저 들었을 텐데 누구보다 오래 남아 북을 친다. 도망칠 줄 모르는 토끼. 그것은 안달이 나 있다. 이대로는 모두 지각이다.

친구는 벤치에서 해가 뜨길 기다린다. 까맣게 뜨기를. 나는 친구를 따라할 줄 알 뿐이고.

해가 양파처럼 많아진다,까맣게탄다

## 모자키스

모자키스와 유성을 보러 갔다. 우리는 눈 쌓인 야외주차장에서 캔커피를 나눠 마시며 기다렸다. 모자키스는 목이 아프다고 말했다. 하늘을 올려다보고 또 올려다보다가 결국 눈밭에 누웠다. 나는 술이 많이 달린 파우치를 눈에 아무렇게나 던져놓았다. 마침내 유성을 본 모자키스는

—파랗고 투명한 숟가락이야

우리의 우주와 하늘을 마음껏 가져가, 네 배를 채워, 조그맣게 말하고 잠들어버렸다.

## 티라와 오브, 그리고 티라와 오브의 아름다운 세계

티라와 오브는 전장의 한가운데서 만났다 우리는 그들을 모른다 그들이 있던 세계는 멈췄고 풀 한 포기도 죽거나 새로 태어나지 않았다 따라서 우리가 발붙인 지상에는 그 세계에서 날아온 민들레씨 하나 발견되지 않았다

티라는 발레리나였고 오브는 발레리노였다 그들은 언젠가 그들이 설 수 있는 무대가 다시금 세워질 거라고 생각했다 몇 번이나 몇 번이나 무대를 소유한 건물은 무너졌고 몇 번이나 몇 번이나 그들의 기대도 함께 무너졌다

티라와 오브는 그들이 입을 맞추는 동안 세계가 멈추기를 바랐다 그것은 절실하지 않고 실낱같은 기대에 비해서도 실없었으나 조금의 장난기도 없는 소원이었다 그 세계는 원래부터 그런 소원에 반응하도록 만들어져 있었다

우리는 그들을 만날 수 없다 그것만은 증명할 수 있다
발음해보라

"티라"
대답이 없다

"오브"
대답이 없다

"티라, 그리고 오브"
여전히 아무런 대답이 없다

역시, 그 세계는 멈춘 것이다 더이상 아무도 죽지 않았다
그들은 서로를 끌어안고 영원한 입맞춤을 했다

## 선의

얼굴에 있는 숲 무늬가
만지지 않아도 흔들리며
소리를 냈다.

맑아서 보이지 않는
고백이 눈으로 내렸다.
유령이 남긴 증거를
수집했다.

욕조에서 다 먹은 접시가
서로 부딪히며 씻겼다.
빈 접시, 그들의 운명이 같았을 뿐
사람 같지는 않았다.

찰랑찰랑
말을 거는 선
손안에서 고요한 물고기
그 물고기가 자주 잊어
투명해진 사람

시원한 치약이 입안에 남아 있었다. 물을 마시면 웃음이 나왔다. 창밖에선 달리지 않는 소독차가 흰 연기로 일기를 쓰는 중이었다. 읽어보려 했지만 아직 젖어 있는 나의 맨살이 보일까봐 무릎을 안았다. 싱크대가 밖을 향해 비를 떨어뜨렸다. 닿을 리 없었다. 연기는 내가 무서워 숨는 줄 알고 슬퍼하는 얼굴이 되었는데, 미소였다.

소란을 아는
친구에게 전화가 왔다.
일상적으로 핸드백에 손을 넣어
내 손을 잡는
뜨겁게,
반기며 당겨주는

모두가 찬성하여 만든
홀로그램이 반사각마다
모습을 바꿨다.

무늬들이
한바탕 흘러가고 나면
자세를 고치는 찰나가 바로
숲의 한 켠이었다.
누군가는 그곳에 불을 켰다.

살고 싶은
살고 싶은 불

스위치를 누르면 한순간 없는 불이 하얗게, 시간을 관조하려 하고 있었다.

**장수양** 2017년 『문예중앙』을 통해 등단했다.

문학동네시인선 152
**손을 잡으면 눈이 녹아**


1판 1쇄 2021년 3월 10일
1판 9쇄 2024년 12월 10일

지은이 | 장수양
책임편집 | 강윤정
편집 | 이재현 김영수
디자인 | 수류산방(樹流山房) 본문 디자인 | 유현아
저작권 | 박지영 형소진 최은진 오서영
마케팅 | 정민호 서지화 한민아 이민경 왕지경 정유진 정경주 김수인 김혜원 김예진
브랜딩 | 함유지 함근아 박민재 김희숙 이송이 김하연 박다솔 조다현 배진성
제작 | 강신은 김동욱 이순호
제작처 | 영신사

펴낸곳 | (주)문학동네
펴낸이 | 김소영
출판등록 | 1993년 10월 22일 제2003-000045호
주소 | 10881 경기도 파주시 회동길 210
전자우편 | editor@munhak.com
대표전화 | 031) 955-8888 팩스 | 031) 955-8855
문의전화 | 031) 955-2696(마케팅), 031) 955-2678(편집)
문학동네카페 | http://cafe.naver.com/mhdn
인스타그램 | @munhakdongne 트위터 | @munhakdongne
북클럽문학동네 | http://bookclubmunhak.com

ISBN 978-89-546-7763-9 03810

* 이 책은 한국문화예술위원회의 2019년 한국예술창작아카데미 선정작가의 작품입니다.


www.munhak.com

문학동네